茅盾散文选

茅盾 著

译林出版社

图书在版编目（CIP）数据

茅盾散文选 / 茅盾著．—南京：译林出版社，2019.7
（壹力文库）
ISBN 978-7-5447-7824-4

I.①茅… II.①茅… III.①散文集－中国－现代 IV.①I266

中国版本图书馆 CIP 数据核字（2019）第 103564 号

茅盾散文选　茅　盾／著

责任编辑　陆元昶
特约编辑　肖　瑶
装帧设计　灵动视线
校　　对　张兰坡
责任印制　贺　伟

出版发行　译林出版社
地　　址　南京市湖南路 1 号 A 楼
邮　　箱　yilin@yilin.com
网　　址　www.yilin.com
市场热线　010-85376701
排　　版　灵动视线
印　　刷　三河市中晟雅豪印务有限公司
开　　本　640 毫米 ×960 毫米　1/16
印　　张　13
版　　次　2019 年 7 月第 1 版　　2019 年 7 月第 1 次印刷
书　　号　ISBN 978-7-5447-7824-4
定　　价　36.80元

目　录

五月三十日的下午

这是一个闷热的下午，这是一个暴风雨的先驱的闷热的下午！我看见穿着艳冶夏装的太太们，晃着满意的红喷喷大面孔的绅士们；我看见“太太们的乐园”依旧大开着门欢迎它的主顾；我只看见街角上有不多几个短衣人在那里切切议论。

一切都很自然，很满意，很平静——除了那边切切议论的几个短衣人。

谁肯相信半小时前就在这高耸云霄的“太太们的乐园”旁曾演过空前的悲壮热烈的活剧？有万千“争自由”的旗帜飞舞，有万千“打倒帝国主义”的呼声震荡，有多少勇敢的青年洒他们的热血要把这块灰色的土地染红！谁还记得在这里竟曾向密集的群众开放排枪！谁还记得先进的文明人曾卸下了假面具露一露他们的狠毒丑恶的本相！忘了，一切都忘了；可爱的驯良的大量的市民们绅士们体面商人们早把一切都忘了！

那边路旁不知是什么商铺的门槛旁，斜躺着几块碎玻璃片带着枪伤。我看见一个纤腰长裙金黄头发的妇人踹着那碎玻璃，姗姗地走过，嘴角上还浮出一个浅笑。我又看见一个鬓戴粉红绢花的少女倚在大肚子绅士的臂膊上也踹着那些碎玻璃走过，两人交换一个了解的微笑。

呵！可怜的碎玻璃片呀！可敬的枪弹的牺牲品呀！我向你敬礼！你是今天争自由而死的战士以外唯一的被牺牲者么？争自由的战士呀！你们为了他们而牺牲的，也许只受到他们微微地一笑和这些碎玻璃片一样罢？微笑！恶意的微笑！卑怯的微笑！永不能忘却的微笑！我觉得我是站在荒凉的沙漠里，只有这放大的微笑在我眼前晃；我惘惘然拾取了一片碎玻璃，我吻它，迸出了一句话道："既然一切医院都拒绝我去向受伤的死的战士敬礼，我就对你——和死者伤者同命运的你，致敬礼罢！"我捧着这碎片狂吻。

忽地有极漂亮的声音在我耳边响道："他们简直疯了！他们想拼着头颅撞开地狱的铁门么？"我陡的转过身去，我看见一位翘着八字须的先生（许是什么博士罢）正斜着眼睛看我。他，好生面熟，我努力要记起他的姓名来。他又冲着我的面孔说道："我不是说地狱门不应该打开，我是觉得犯不着撞碎头颅去打开——而况即使拼了头颅未必打得开。难道我们没有别的和平的方法么？而况这很有过激化的嫌疑么？我们是爱和平的民族，总该用文明手段呀。实在最好是祈祷上苍，转移人心于冥冥之中。再不然，我们有的是东方精神文明，区区肉体上的屈辱何必计较——哈，你想不起我是谁么？"

实在抱歉，我听了这一番话，更想不起他是谁了，我只有向他鞠躬，便离开了他。

然而他那番话，还在我耳旁作怪地嗡嗡地响；我又恍惚觉得他的身体放大了，很顽强地站在我面前，挡住我的去路；又看见他幻化为数千百，在人丛里乱钻；终于我看见街上熙熙攘攘往来的，都是他的化身了，而张牙舞爪的吃人的怪兽却高踞在他们头上狞笑！突然幻象全消，现出一片真景来：那边站满"华人"的水泥行人道上，跳上一骑马，驮了一个黄发碧眼的武装的人，提着木棍不分皂白乱打。棍子碰着皮肉的回音使我听去好像是："难道我们没有别的和平的方法么？……我们有的是东方精神文明，区区肉体上的屈辱何必计较！"和平方法呀！这未尝不是一个好名词。可惜对于无条件被人打被人杀的人们不配！

挨打挨杀的人们嘴里的和平方法有什么意义？人家不来同你和平，你有什么办法呢？和平方法是势力相等的办交涉时的漂亮话，出之于被打被杀者的嘴里是何等卑怯无耻呀！人家何尝把你当作平等的人。爱谈和平方法的先生们呀，你们脸是黄的，发是黑的，鼻梁是平的，人家看来你总是一个劣等民族，只有人家高兴给你和平，没有你开口要求的份儿哩！“以眼还眼，以牙还牙！”信奉这条教义的穆罕默德的子孙们现在终于又挺起身子了！这才有开口向人家讲和平办法的资格呵！像我们现在呢，也只有一个办法：“以眼还眼，以牙还牙！”不甘心少，也不要多！

“以眼还眼，以牙还牙！”这两句话不断地在我脑海里回旋；我在人丛里忿怒地推挤，我想找几个人来讨论我的新信仰。忽然疏疏落落地下起雨来了，暮色已经围抱着这都市，街上行人也渐渐稀少了。我转入一条小弄，雨下得更密了。路灯在雨中放着安静的冷光。这还是一个闷热的黄昏，这使我满载着郁怒的心更加烦躁。风挟着细雨吹到我脸上，稍感着些凉快；但是随风送来的一种特别声浪忽地又使我的热血在颞颥部血管里乱跳；这是一阵歌吹声，竹牌声，哗笑声！他们离流血的地点不过百步，距流血的时间不过一小时，竟然歌吹作乐呵！我的心抖了，我开始诅咒这都市，这污秽无耻的都市，这虎狼在上而豕鹿在下的都市！我祈求热血来洗刷这一切的强横暴虐，同时也洗刷这卑贱无耻呀！

雨点更粗更密了，风力也似乎劲了些：这许就是闷热后必然有的暴风雨的先遣队罢？

一九二五年五月三十夜于上海

卖豆腐的哨子

早上醒来的时候，听得卖豆腐的哨子在窗外呜呜地吹。

每次这哨子声引起了我不少的怅惘。

并不是它那低叹暗泣似的声调在诱发我的漂泊者的乡愁；不是呢，像我这样的 outcast[①]，没有了故乡，也没有了祖国，所谓“乡愁”之类的优雅的情绪，轻易不会兜上我的心头。

也不是它那类乎军笳然而已颇小规模的悲壮的颤音，使我联想到另一方面的烟云似的过去；也不是呢，过去的，只留下淡淡的一道痕，早已为现实的严肃和未来的闪光所掩煞所销毁。

所以我这怅惘是难言的。然而每次我听到这呜呜的声音，我总抑不住胸间那股回荡起伏的怅惘的滋味。

昨夜我在夜市上，也感到了同样酸辣的滋味。

每次我到夜市，看见那些用一张席片挡住了潮湿的泥土，就这么着货物和人一同挤在上面，冒着寒风在嚷嚷然叫卖的衣衫褴褛的小贩子，我总是感得了说不出的怅惘的心情。说是在怜悯他们么？我知道怜悯是亵渎的。那么，说是在同情于他们罢？我又觉得太轻。我心底

---

① 意指“被驱逐的人，流浪者”。

里钦佩他们那种求生存的忠实的手段和态度，然而，亦未始不以为那是太拙笨。我从他们那雄辩似的“夸卖”声中感得了他们的心的哀诉。我仿佛看见他们吁出的热气在天空中凝集为一片灰色的云。

可是他们没有呜呜的哨子。没有这像是闷在瓮中，像是透过了重压而挣扎出来的地下的声音，作为他们的生活的象征。

呜呜的声音震破了冻凝的空气在我窗前过去了。我倾耳静听，我似乎已经从这单调的呜呜中读出了无数文字。

我猛然推开幛子，遥望屋后的天空。我看见了些什么呢？我只看见满天白茫茫的愁雾。

雾

雾遮没了正对着后窗的一带山峰。

我还不知道这些山峰叫什么名儿。我来此的第一夜就看见那最高的一座山的顶巅像钻石装成的宝冕似的灯火。那时我的房里还没有电灯，每晚上在暗中默坐，凝望这半空的一片光明，使我记起了儿时所读的童话。实在的呢，这排列得很整齐的依稀分为三层的火球，衬着黑魆魆的山峰的背景，无论如何，是会引起非人间的缥缈的思想的。

但在白天看来，却就平凡得很。并排的五六个山峰，差不多高低，就只最西的一峰戴着一簇房子，其余的仅只有树，中间最大的一峰竟还有濯濯的一大块，像是癞子头上的疮疤。

现在那照例的晨雾把什么都遮没了，就是稍远的电线杆也躲得毫无影踪。

渐渐地太阳光从浓雾中钻出来了。那也是可怜的太阳呢！光是那样的淡弱。随后它也躲开，让白茫茫的浓雾吞噬了一切，包围了大地。

我诅咒这抹煞一切的雾！

我自然也讨厌寒风和冰雪。但和雾比较起来，我是宁愿后者呵！寒风和冰雪的天气能够杀人，但也刺激人们活动起来奋斗。

雾，雾呀，只使你苦闷，使你颓唐阑珊，像陷在烂泥淖中，满心想挣扎，可是无从着力呢!

傍午的时候，雾变成了牛毛雨，像帘子似的老是挂在窗前。两三丈以外，便只见一片烟云——依然遮抹一切，只不是雾样的罢了。没有风。门前池中的残荷梗时时忽然急剧地动摇起来，接着便有红鲤鱼的活泼泼的跳跃划破了死一样平静的水面。

我不知道红鲤鱼的轨外行动是不是为了不堪沉闷的压迫？在我呢，既然没有杲杲的太阳，便宁愿有疾风大雨，很不耐这愁雾的后身的牛毛雨老是像帘子一样挂在窗前。

一九二八年十一月十四日

虹

不知在什么时候，金红色的太阳光已经铺满了北面的一带山峰。但我的窗前依然洒着绵绵的细雨。

早先已经听人说过这里的天气不很好。敢就是指这样的一边耀着阳光，一边却落着泥人的细雨？光景是多少像故乡的黄梅时节呀！出太阳，又下雨。

但前晚是有过浓霜的了。气温是华氏表四十度。

无论如何，太阳光是欢迎的。我坐在南窗下看 N. Evréinoff 的剧本。看这本书，已经是第三次了；可是对于那个象征了顾问和援助者，并且另有五个人物代表他的多方面的人格的剧中主人公 Paraclete，我还是不知道应该憎呢或是爱？

这不是也很像今天这出太阳又下雨的天气么？

我放下书，凝眸遥瞩东面的披着斜阳的金衣的山峰，我的思想跑得远远的。我觉得这山顶的几簇白房屋就仿佛是中古时代的堡垒；那里面的主人应该是全身裹着铁皮的骑士和轻盈婀娜的美人。

欧洲的骑士样的武士，岂不是曾在这里横行过一世？百余年前，这群山环抱的故都，岂不是一定曾有些挥着十八贯的铁棒的壮士？岂不是余风流沫尚像地下泉似的激荡着这个近代化的散文的都市？

低下头去，我浸入于缥缈的沉思中了。

当我再抬头时，咄！分明的一道彩虹划破了蔚蓝的晚空。什么时候它出来，我不知道；但现在它像一座长桥，宛宛地从东面山顶的白房屋后面，跨到北面的一个较高的青翠的山峰。呵，你虹！古代希腊人说你是渡了麦丘立到冥国内索回春之女神，你是美丽的希望的象征！

但虹一样的希望也太使人伤心。

于是我又恍惚看见穿了锁子铠，戴着铁面具的骑士涌现在这半空的彩桥上；他是要找他曾经发过誓矢忠不二的“贵夫人”呢？还是要扫除人间的不平？抑或他就是狐假虎威的“鹰骑士”？

天色渐渐黑下来了，书桌上的电灯突然放光，我从幻想中抽身。

像中世纪骑士那样站在虹的桥上，高揭着什么怪好听的旗号，而实在只是出风头，或竟是待价而沽，这样的新式的骑士，在“新黑暗时代”的今日，大概是不会少有的罢？

一九二九年三月

红叶

朋友们说起看红叶，都很高兴。

红叶只是红了的枫叶，原来极平凡，但此间人当作珍奇，所以秋天看红叶竟成为时髦的胜事。如果说春季是樱花的，那么，秋季便该是红叶的了。你不到郊外，只在热闹的马路上走，也随处可以见到这“幸运儿”的红叶：十月中，咖啡馆里早已装饰着人工的枫树，女侍者的粉颊正和蜡纸的透明的假红叶掩映成趣；点心店的大玻璃窗橱中也总有一枝两枝的人造红叶横卧在鹅黄色或是翠绿色的糕饼上；那边如果有一家“秋季大卖出”的商品，那么，耀眼的红光更会使你的眼睛发花。“幸运儿”的红叶呵，你简直是秋季的时令神。

在微雨的一天，我们十分高兴地到郊外的一处名胜去看红叶。

并不是怎样出奇的山，也不见得有多少高。青翠中点缀着一簇一簇的红光，便是吸引游人的全部风景。山径颇陡峻，幸而有石级；一边是谷，缓缓地流过一道浅涧；到了山顶俯视，这浅涧便像银带子一般晶明。

山顶是一片平场。出奇的是并没有一棵枫树，却只有个卖假红叶的小摊子。一排芦席棚分隔成二十多小间，便是某酒馆的“雅座”，这时差不多快满座了。我们也占据了一间，并没有红叶看，光瞧着对面的绿丛丛的高山峰。

两个喝得满脸通红的游客，挽着臂在泥地上翩翩跳舞，另一个吹口琴，呜呜地响着，听去是“悲哀”的调子。忽而他们都哈哈笑起来；是这样的响，在我们这边也觉得震耳。

芦席棚边有人摆着小摊子卖白泥烧的小圆片，形状很像二寸径的碟子；游客们买来用力掷向天空，这白色的小圆片在青翠色的背景前飞了起来，到不能再高时，便如白燕子似的斜掠下来（这是因为受了风），有时成为波纹，成为弧形，似乎还是簌簌地颤动着，约莫有半分钟，然后失落在谷内的丰草中；也有坠在浅涧里的，那就见银光一闪——你不妨说这便是水的欢迎。

早就下着的雨，现在是渐渐大了。游客们不知在什么时候已经减少了许多。山顶的广场（那就是游览的中心）便显得很寂静，芦棚下的“雅座”里只有猩红的毡子很整齐地躺着，时间大概是午后三时左右。

我们下山时雨已经很大；路旁成堆的落叶此时经了雨濯，便洗出绛红的颜色来，似乎要与那些尚留在枝头的同伴们比一比谁是更“赤”。

“到山顶吃饭喝酒，掷白泥的小圆片，然后回去：这便叫作看红叶。谁曾在都市的大街上看见人造红叶的盛况的，总不会料到看红叶原来只是如此这般一回事！”

我在路旁拾起几片红叶的时候，忍不住这样想。

速写一

沿浴池的水面，伸出五个人头。

因为浴池是圆的，所以差不多是等距离地排列着的五个人头便构成了半规形的“步哨线”，正对着浴池的白石池壁一旁的冷水龙头。这是个擦得耀眼的紫铜质的大家伙，虽然关着嘴，可是那转柄的节缝中却蚩蚩地飞迸出两道银线一样的细水，斜射上去约有半尺高，然后乱纷纷地落下来，像是些极细的珠子。

五岁光景的一对女孩子就坐在这个冷水龙头旁边的白石池壁上，正对着我们五个人头。水蒸气把她们俩的脸儿熏得红喷喷的，头上的水打湿了的短发是墨黑黑的，肥胖的小身体又是白生生的。她们俩像是孪生的姊妹。坐在左边的一个的肥白的小手里拿着个橙黄色透明体的肥皂盒子；她就用这小小的东西舀水来浇自己的胸脯。右边的一个呢，捧了一条和她的身体差不多长短的手巾，在她的两股中间揉摩。

虽是这么幼小的两个，却已有大人的风度，然而多么妩媚。

这样想着，我侧过脸去看我左边的一个人头。这是满腮长着黑森森的胡子根的中年汉子的强壮的头。他挺起了眼睛往上瞧，似乎颇有心事。

我再向右边看。最近的一个正把滴水的手巾盖在脸上，很艰辛地喘气。再过去是三角脸的青年，将后颈枕在浴池的石壁上，似乎已经入睡。更过去是一张肥胖的圆脸，毫无表情地浮在水面，很像个足球。

忽然那边的矿泉水池里豁刺刺一片水响，冒出个黄脸大汉来，胸前有一丛黑毛。他晃着头，似乎想出来却又蹲了下去。

大概是惊异着那边还有人，两个小女孩子都转过头去了。拿肥皂盒的一个的小脸儿正受着冷水龙头逃出来的水珠。她似乎觉得有些痒罢，她慢慢地举起手来搔了几下，便又很正经地舀起水来浇胸脯。

一九二九年二月六日

速写二

水声很单调地响着，琅琅地似乎有回音。浓雾一般的水蒸气挂在白垩的穹窿形屋顶下，又是入睡似的静定。

不知从什么时候起，浴场中只剩下我一个人。

坐在池子边的木板上，我慢慢地用浸透了肥皂沫的手巾摩擦身体。离开我的眼睛约莫有两尺远近，便是那靠着墙壁的长方形的温水槽，现在也明晃晃地像一面大镜子。

可是我不能看见我自己的影。我的三十度角投射的眼光却看见了那水槽的通到隔壁浴场的同样大小的镜片的水面。

这样在隔断了的两个浴场中间却依然有这地下泉似的贯通彼此的温水槽呢！而现在，却又是映见两方的镜子。我想起故乡民间传说里的跨立在阴阳界上的那面神秘的镜子来了。岂不是一半映出阴间的事而又一半映出阳间的事，正仿佛等于这个温水槽的临时的明镜？

我赞美这个民间传说的奇瑰的想象，我悠悠然推索这个民间传说的现实的张本。我下意识地更将头放低些，却翻起眼珠注视这沟通两世界的新的阴阳镜。

蓦地一个人形印在我的眼里了。只是个后身。然而腰部的曲线却多么分明地映写在这个水的明镜！如果我是有一个失去了的此世间的恋人的呀，我怕要一定无疑地以为阳间的我此时正站在阴阳镜前面看见了在冥国的她的倩影！

一种热烈的异样的情绪抓住了我。那是痴妄的，然而同时也是圣洁的，虔诚的。

然后，正和传说中神秘的镜子同样地一闪，美丽的腰肢蓦地消失了；泼刺一声，挽着个小木盆的美丽的白手臂在镜平的水面一沉，又缩了上去。温水槽里起了晕状的波动。传说的梦幻的世界破灭了，依然是现实的浴场，依然是浓雾一般的蒸气弥漫在四壁间入睡似的静定。

一九二九年二月十七日

冬天

诗人们对于四季的感想大概颇不同罢。一般地说来，则为“游春”，“消夏”，“悲秋”——冬呢，我可想不出适当的字眼来了，总之，诗人们对于“冬”好像不大怀好感，于“秋”则已“悲”了，更何况“秋”后的“冬”！

所以诗人在冬夜，只合围炉话旧，这就有点近于“蛰伏”了。幸而冬天有雪，给诗人们添了诗料。甚而至于踏雪寻梅，此时的诗人俨然又是活动家。不过梅花开放的时候，其实“冬”已过完，早又是“春”了。

我不是诗人，对于一年四季无所偏憎。但寒暑数十易而后，我也渐渐辨出了四季的味道。我就觉得冬天的味儿好像特别耐咀嚼。

因为冬天曾经在三个不同的时期给我三种不同的印象。

十一二岁的时候，我觉得冬天是又好又不好。大人们定要我穿了许多衣服，弄得我动作迟笨，这是我不满意冬天的地方。然而野外的茅草都已枯黄，正好“放野火”，我又得感谢“冬”了。

在都市里生长的孩子是可怜的，他们只看见灰色的马路，从没见过整片的一望无际的大草地。他们即使到公园里看见了比较广大的草地，然而那是细曲得像狗毛一样的草皮，枯黄了时更加难看，不用说，他们万万想不到这是可以放起火来烧的。在乡下，可不同了。照例到了冬天，野外全是灰黄色的枯草，又高又密，脚踏下去簌簌地响，有时没到你的腿弯上。是这样的草——大草地，就可以放火烧。我们都脱了长衣，划一根火柴，那满地的枯草就毕剥毕剥烧起来了。狂风着地卷去，那些草就像发狂似的腾腾地叫着，夹着白烟一片红火焰就像一个大舌头似的会一下子把大片的枯草舐光。有时我们站在上风头，那就跟着火头跑；有时故意站在下风，看着那烈焰像潮水样涌过来，涌过来，于是我们大声笑着嚷着在火焰中间跳，一转眼，那火焰的波浪已经上前去了，于是我们就又追上去送它。这些草地中，往往有浮厝的棺木或者骨殖甏，火势逼近了那棺木时，我们的最紧张的时刻就来了。我们就来一个"包抄"，扑到火线里一阵滚，收熄了我们放的火。这时候我们便感到了克服敌人那样的快乐。

二十以后成了"都市人"，这"放野火"的趣味不能再有了，然而穿衣服的多少也不再受人干涉了，这时我对于冬，理应无憎亦无爱了罢，可是冬天却开始给我一点好印象。二十几岁的我是只要睡眠四个钟头就够了的，我照例五点钟一定醒了；这时候，被窝是暖烘烘的，人是神清气爽的，而又大家都在黑甜乡，静得很，没有声音来打扰我，这时候，躲在那里让思想像野马一般飞跑，爱到哪里就到哪里，想够了时，顶天亮起身，我仿佛已经背着人，不声不响自由自在做完了一件事，也感得一种愉快。那时候，我把"冬"和春夏秋比较起来，觉得"冬"是不干涉人的，她不像春天那样逼人困倦，也不像夏天那样使得我上床的时候弄堂里还有人高唱《孟姜女》，而在我起身以前却又是满弄堂的洗马桶的声音，直没有片刻的安静，而也不同于秋天。秋天是苍蝇蚊虫的世界，而也是疟疾光顾我的季节呵！

然而对于"冬"有恶感，则始于最近。拥着热被窝让思想跑野马那样的事，已经不高兴再做了，而又没有草地给我去"放野火"。何况近年来的冬天似乎一年比一年冷，我不得不自愿多穿点衣服，并且把窗门关紧。

不过我也理智地较为认识了"冬"。我知道"冬"毕竟是"冬"，摧残了许多嫩芽，在地面上造成恐怖；我又知道"冬"只不过是"冬"，北风和霜雪虽然凶猛，终不能永远的统治这大地。相反的，冬天的寒冷愈甚，就是冬的运命快要告终，“春”已在叩门。

“春”要来到的时候，一定先有“冬”。冷罢，更加冷罢，你这吓人的冬！

一九三四年一月

雷雨前

清早起来，就走到那座小石桥上。摸一摸桥石，竟像还带点热。昨天整天里没有一丝儿风。晚快边响了一阵子干雷，也没有风，这一夜就闷得比白天还厉害。天快亮的时候，这桥上还有两三个人躺着，也许就是他们把这些石头又困得热烘烘。

满天里张着个灰色的幔。看不见太阳。然而太阳的威力好像透过了那灰色的幔，直逼着你头顶。

河里连一滴水也没有了，河中心的泥土也裂成乌龟壳似的。田里呢，早就像开了无数的小沟——有两尺多阔的，你能说不像沟么？那些苍白色的泥土，干硬得就跟水门汀差不多。好像它们过了一夜工夫还不曾把白天吸下去的热气吐完，这时它们那些扁长的嘴巴里似乎有白烟一样的东西往上冒。

站在桥上的人就同浑身的毛孔全都闭住，心口泛淘淘，像要呕出什么来。

这一天上午，天空老张着那灰色的幔，没有一点点漏洞，也没有动一动。也许幔外边有的是风，但我们罩在这幔里的，把鸡毛从桥头抛下去，也没见它飘飘扬扬踱方步。就跟住在抽出了空气的大筒里似的，人张开两臂用力行一次深呼吸，可是吸进来只是热辣辣的一股闷气。

汗呢，只管钻出来，钻出来，可是胶水一样，胶得你浑身不爽快，像结了一层壳。

午后三点钟光景，人像快要干死的鱼，张开了一张嘴，忽然天空那灰色的幔裂了一条缝！不折不扣一条缝！像明晃晃的刀口在这幔上划过。然而划过了，幔又合拢，跟没有划过的时候一样，透不进一丝儿风。一会儿，长空一闪，又是那灰色的幔裂了一次缝。然而中什么用？

像有一只巨人的手拿着明晃晃的大刀在外边想挑破那灰色的幔，像是这巨人已在咆哮发怒越来越紧了，一闪一闪满天空气瞥过那大刀的光亮，隆隆隆，幔外边来了巨大的愤怒的吼声！

猛的闪光和吼声都没有了，还是一张密不通风的灰色的幔！

空气比以前加倍闷！那幔比以前加倍厚！天加倍黑！

你会猜想这时那幔外边的巨人在揩着汗，歇一口气；你断得定他还要进攻。你焦躁地等着，等着那挑破灰色幔的大刀的一闪电光，那隆隆隆的怒吼声。

可是你等着，等着，却等来了苍蝇。它们从龌龊的地方飞出来，嗡嗡嗡的，绕住你，叮你的涂一层胶似的皮肤。戴红顶子像个大员模样的金苍蝇刚从粪坑里吃饱了来，专拣你的鼻子尖上蹲。

也等来了蚊子。哼哼哼地，像老和尚念经，或者老秀才读古文。苍蝇给你传染病，蚊子却老实要喝你的血呢！

你跳起来拿着蒲扇乱扑，可是赶走了这一边的，那一边又是一大群乘隙进攻。你大声叫喊，它们只回答你个哼哼哼，嗡嗡嗡！外边树梢头的蝉儿却在那里唱高调：“要死哟！要死哟！”

你汗也流尽了，嘴里干得像烧，你手里也软了，你会觉得世界末日也不会比这再坏！

然而猛可地电光一闪，照得屋角里都雪亮。幔外边的巨人一下子把那灰色的幔扯得粉碎了！轰隆隆，轰隆隆，他胜利地叫着。呼——呼——挡在幔外边整整两天的风开足了超高速度扑来了！蝉儿噤声，苍蝇逃走，蚊子躲起来，人身上像剥落了一层壳那么一爽。

霍！霍！霍！巨人的刀光在长空飞舞。
轰隆隆，轰隆隆，再急些！再响些吧！
让大雷雨冲洗出个干净清凉的世界！

从半夜到天明

京沪线，× × 站到 × × 站那一段。

夜间。一时到三时。没有星，没有月亮。日历翻过了一页，展示着十二月二十五日。

半个世界在睡梦中。然而在睡梦中的半个世界上有人不睡，正在忙着。

没有月亮，也没有星；白的雪铺盖了原野，也铺盖了铁轨。京沪线，这交通的动脉上，没有照常来往的客货车和花车，已经有两天半。

京沪线，这交通的动脉硬化了；机关车被罚立壁角，分道夫被放了假；车站上冷清清地，没有旅客，也没有站长，也没有工役。京沪线动脉硬化，已经有两天半。因为有青年的血，数千青年爱国的热血，纯洁的血，正要通过这硬化了的动脉。

一个赤血轮——一架拖着壮烈的列车的机关车，在夜的黑暗里，在白雪的寒光下，在没有分道夫，没有扬旗的引导的死沉沉的路线上，向西挣扎。

轰轰轰！隆隆隆！硬化的动脉上，机关车在挣扎。它愤怒地吼着，然而它不能不小心地慢慢地走着。两三队的青年提了灯在前面压道。十余人一队的两三队青年，两三天没有吃饱，没有吃咸的，两三天没有睡。

“前面路轨又被掘断了！”冷的黑的夜其中颤动着这一声叫喊。

嘘！嘘！嘘！——机关车“嘘”着，就停止了。四五个灯火，十倍四五个的人影，从车厢里飞了出来，飞扑到机关车前，再一直飞扑向前！“找铁轨呵！”车厢里更多的人动员。冷而黑的夜，白皑皑的雪地上，满布了无数的足印。

三段铁轨悄悄地躲在路旁坑里，被发现了，被俘虏了来。另一段铁轨也被发现了，在冰冻的小河，露出无知的铁头。

“就是藏在地狱里也要把它拖出来！”纠察队的叫喊。

扑通，扑通！光身子的纠察队跳进冰冻的河水里，抓着了冰冻的钢轨！

没有星，没有月亮。半个世界在睡梦中。然而在睡梦中的半个世界上，在死了似的京沪线上，有人是不知道睡的，有人是两三天不愿意睡的！

同在这时候，在京沪线东端的上海，也有另一班人不愿意睡觉。

因为这是“耶稣圣诞狂欢节”。挺大的“客满”的布告早挂在跳舞场门口。神秘的灯光下，一对对的男女挤成了人山。这里是“高等华人”的展览会。银行家，大商人，名律师，小开……耶稣圣诞，一年一度，跳舞场特许延长时间，“高贵”的人们都来做一次长夜之欢。

二十四、二十五、二十六，三天的跳舞场通宵达旦，三夜的营业可以补偿不景气的一年。

从黄昏跳到天亮，在上海的无数跳舞场里也有几千人不睡，几千人“忙”了个整夜。然而完了，音乐停止了。狂欢的人们只好暂时离开了舞场，回家去——睡觉。

凄雨淅淅地下着。一个铅色的天。

××舞场门前最后一辆流线型的汽车啵的一声开走了，车里一男一女，头碰头，手挽手，闭着眼。

同是这时候，京沪线的苏州站到了那挣扎一夜的列车了。一夜的在雪地里寻铁轨，修路，挨饿，忍冻。然而这几千个没有睡觉的人在忙着加水，忙着准备再向西开，忙着准备再是一夜的不睡，在雪地里修路，寻铁轨。

同是这时候，京沪线的昆山站上又有另一些人在忙着设法使得被阻在那里的又一列车的青年回上海来。两中队的保安队忽然跑在轨道中，结成个密密的方阵，挡在那列车的前面。

也是这时候，上海南市有几百个青年在冒雨游行演说。

也是这时候，上海北四川路刮刮刮地驶过了三四架装甲车，机关枪手头上的钢盔从钢的圆车顶的开处露出半个。车身是青灰色，绘着个“血”字般的旭日。

同在这北四川路，在电车站旁有一位矮绅士展开一张《日日新闻》，上面有一条大字新闻：“海军特别陆战队的大规模演习”。

风景谈

前夜看了《塞上风云》的预告片，便又回忆起猩猩峡外的沙漠来了。那还不能被称为“戈壁”，那在普通地图上，还不过是无名的小点，但是人类的肉眼已经不能望到它的边际，如果在中午阳光正射的时候，那单纯而强烈的反光会使你的眼睛不舒服；没有隆起的沙丘，也不见有半间泥房，四顾只是茫茫一片，那样的平坦，连一个“坎儿井”也找不到；那样的纯然一色，即使偶尔有些驼马的枯骨，它那微小的白光，也早融入了周围的苍茫；又是那样的寂静，似乎只有热空气在作哄哄的火响。然而，你不能说，这里就没有“风景”。当地平线上出现了第一个黑点，当更多的黑点成为线，成为队，而且当微风把铃铛的柔声，叮当，叮当，送到你的耳鼓，而最后，当那些昂然高步的骆驼，排成整齐的方阵，安详然而坚定地愈行愈近，当骆驼队中领队驼所掌的那一杆长方形猩红大旗耀入你眼帘，而且大小叮当的谐和的合奏充满了你耳管——这时间，也许你不出声，但是你的心里会涌上了这样的感想的：多么庄严，多么妩媚呀！这里是大自然的最单调最平板的一面，然而加上了人的活动，就完全改观，难道这不是“风景”吗？自然是伟大的，然而人类更伟大。

于是我又回忆起另一个画面，这就在所谓“黄土高原”！那边的山多数是秃顶的，然而层层的梯田，将秃顶装扮成稀稀落落有些黄毛的癞头，特别是那些高秆植物颀长而整齐，等待检阅的队伍似的，在晚风中摇曳，别有一种惹人怜爱的姿态。可是更妙的是三五月明之夜，天是那样的蓝，几乎透明似的，月亮离山顶，似乎不过几尺，远看山顶的小米丛密挺立，宛如人头上的怒发，这时候忽然从山脊上长出两支牛角来，随即牛的全身也出现，掮着犁的人形也出现，并不多，只有三两个，也许还跟着个小孩，他们姗姗而下，在蓝的天，黑的山，银色的月光的背景上，成就了一幅剪影，如果给田园诗人见了，必将赞叹为绝妙的题材。可是没有完。这几位晚归的种地人，还把他们那粗朴的短歌，用愉快的旋律，从山顶上飘下来，直到他们没入了山坳，依旧只有蓝天明月黑魆魆的山，歌声可是缭绕不散。

另一个时间。另一个场面。夕阳在山，干坼的黄土正吐出它在一天内所吸收的热，河水汤汤急流，似乎能把浅浅河床中的鹅卵石都冲走了似的。这时候，沿河的山坳里有一队人，从“生产”归来，兴奋的谈话中，至少有七八种不同的方音。忽然间，他们又用同一的音调，唱起雄壮的歌曲来了，他们的爽朗的笑声，落到水上，使得河水也似在笑。看他们的手，这是惯拿调色板的，那是昨天还拉着提琴的弓子伴奏着《生产曲》的，这是经常不离木刻刀的，那又是洋洋洒洒下笔如有神的，但现在，一律都被锄锹的木柄磨起了老茧了。他们在山坡下，被另一群所迎住。这里正燃起熊熊的野火，多少曾调朱弄粉的手儿，已经将金黄的小米饭，翠绿的油菜，准备齐全。这时候，太阳已经下山，却将它的余晖幻成了满天的彩霞，河水喧哗得更响了，跌在石上的便喷出了雪白的泡沫，人们把沾着黄土的脚伸在水里，任它冲刷，或者掬起水来，洗一把脸。在背山面水这样一个所在，静穆的自然和弥漫着生命力的人，就织成了美妙的图画。

在这里，蓝天明月，秃顶的山，单调的黄土，浅濑的水，似乎都是最恰当不过的背景，无可更换。自然是伟大的，人类是伟大的，然而充满了崇高精神的人类的活动，乃是伟大中之尤其伟大者！

我们都曾见过西装革履烫发旗袍高跟鞋的一对儿，在公园的角落，绿荫下长椅上，悄悄儿说话，但是试想一想，如果在一个下雨天，你经过一边是黄褐色的浊水，一边是怪石峭壁的崖岸，马蹄很小心地探入泥浆里，有时还不免打了一下跌撞，四面是静寂灰黄，没有一般所谓的生动鲜艳，然而，你忽然抬头看见高高的山壁上有几个天然的石洞，三层楼的亭子间似的，一对人儿促膝而坐，只凭剪发式样的不同，你方能辨认出一个是女的，他们被雨赶到了那里，大概聊天也聊够了，现在是摊开着一本札记簿，头凑在一处，一同在看——试想一想，这样一个场面到了你眼前时，总该和在什么公园里看见了长椅上有一对儿在偎倚低语，颇有点味儿不同罢！如果在公园时你一眼瞥见，首先第一会是“这里有一对恋人”，那么，此时此际，倒是先感到那样一个沉闷的雨天，寂寞的荒山，原始的石洞，安上这么两个人，是一个“奇迹”，使大自然顿时生色！他们之是否恋人，落在问题之外。你所见的，是两个生命力旺盛的人，是两个清楚明白生活意义的人，在任何情形之下，他们不倦怠，也不会百无聊赖，更不至于从胡闹中求刺激，他们能够在任何情况之下，拿出他们那一套来，怡然自得。但是什么能使他们这样呢？

不过仍旧回到“风景”罢；在这里，人依然是“风景”的构成者，没有了人，还有什么可以称道的？再者，如果不是内生活极其充满的人作为这里的主宰，那又有什么值得怀念？

再有一个例子：如果你同意，二三十棵桃树可以称为林，那么这里要说的，正是这样一个桃林。花时已过，现在绿叶满株，却没有一个桃子。半爿旧石磨，是最漂亮的圆桌面，几尺断碑，或是一截旧阶石，那又是难得的几案。现成的大小石块作为凳子——而这样的石凳也还是以奢侈品的姿态出现。这些怪样的家具之所以成为必要，是因为这里有一个茶社。桃林前面，有老百姓种的荞麦，也有大麻和玉米这一类高秆植物。荞麦正当开花，远望去就像一张粉红色的地毯，大麻和玉米就像是屏风，靠着地毯的边缘。太阳光从树叶的空隙落下来，在泥地上，石家具上，一抹一抹的金黄色。偶尔也听得有草虫在叫，带住在林边树上的马儿伸长了脖子就树干搔痒，也许是乐了，便长嘶起来。“这就不坏！”你也许要这样说。可不是，这里是有一般所谓“风景”的一些条件的！然而，未必尽然。在高原的强烈阳光下，人们喜欢把这一片树荫作为户外的休息地点，因而添上了什么茶社，这是这个“风景区”成立的因缘，但如果把那二三十棵桃树，半爿磨石，几尺断碣，还有荞麦和大麻玉米，这些其实到处可遇的东西，看成了此所谓风景区的主要条件，那或者是会贻笑大方的。中国之大，比这美得多的所谓风景区，数也数不完，这个值得什么？所以应当从另一方面去看。现在请你坐下，来一杯清茶，两毛钱的枣子，也做一次桃园的茶客罢。如果你愿意先看女的，好，那边就有三四个，大概其中有一位刚接到家里寄给她的一点钱，今天来请请同伴。那边又有几位，也围着一个石桌子，但只把随身带来的书籍代替了枣子和茶了。更有两位虎头虎脑的青年，他们走过“天下最难走的路”，现在却静静地坐着，温雅得和闺女一般。男女混合的一群，有坐的，也有蹲的，争论着一个哲学上的问题，时时哗然大笑，就在他们近边，长石条上躺着一位，一本书掩住了脸。这就够了，不用再多看。总之，这里有特别的氛围，但并不古怪。人们来这里，只为恢复工作后的疲劳，随便喝点，要是袋里有钱；或不喝，随便谈谈天；在有闲的只想找一点什么来消磨时间的人们看来，这里坐得不舒服，吃的喝的也太粗糙简单，也没有什么可以供赏玩，至多来一次，第二次保管厌倦。但是不知道消磨时间为何物的人们却把这一片简陋的绿荫看得很可爱，因此，这桃林就很出名了。

因此，这里的“风景”也就值得留恋，人类的高贵精神的辐射，填补了自然界的疲乏，增添了景色，形式的和内容的。人创造了第二自然！

最后一段回忆是五月的北国。清晨，窗纸微微透白，万籁俱静，嘹亮的喇叭声，破空而来。我忽然想起了白天在一本贴照簿上所见的第一张，银白色的背景前一个淡黑的侧影，一个号兵举起了喇叭在吹，严肃，坚决，勇敢，和高度的警觉，都表现在小号兵的挺直的胸膛和高高的眉棱上边。我赞美这摄影家的艺术，我回味着，我从当前的喇叭声中也听出了严肃，坚决，勇敢，和高度的警觉来，于是我披衣出去，打算看一看。空气非常清冽，朝霞笼住了左面的山，我看见山峰上的小号兵了。霞光射住他，只觉得他的额角异常发亮，然而，使我惊叹叫出声来的，是离他不远有一位荷枪的战士，面向着东方，严肃地站在那里，犹如雕像一般。晨风吹着喇叭的红绸子，只这是动的，战士枪尖的刺刀闪着寒光，在粉红的霞色中，只这是刚性的。我看得呆了，我仿佛看见了民族的精神化身而为他们两个。

如果你也当它是“风景”，那便是真的风景，是伟大中之最伟大者！

一九四〇年十二月，于枣子岚垭

白杨礼赞

白杨树实在不是平凡的，我赞美白杨树！

当汽车在望不到边际的高原上奔驰，扑入你的视野的，是黄绿错综的一条大毯子；黄的，那是土，未开垦的处女土，几百万年前由伟大的自然力所堆积成功的黄土高原的外壳；绿的呢，是人类劳力战胜自然的成果，是麦田，和风吹送，翻起了一轮一轮的绿波——这时你会真心佩服昔人所造的两个字“麦浪”，若不是妙手偶得，便确是经过锤炼的语言的精华。黄与绿主宰着，无边无垠，坦荡如砥，这时如果不是宛若并肩的远山的连峰提醒了你（这些山峰凭你的肉眼来判断，就知道是在你脚底下的），你会忘记了汽车是在高原上行驶，这时你涌起来的感想也许是“雄壮”，也许是“伟大”，诸如此类的形容词，然而同时你的眼睛也许觉得有点倦怠，你对当前的“雄壮”或“伟大”闭了眼，而另一种味儿在你心头潜滋暗长了——“单调”！可不是，单调，有一点儿罢？

然而刹那间，要是你猛抬眼看见了前面远远地有一排——不，或者甚至只是三五株，一二株，傲然地耸立，像哨兵似的树木的话，那你的恹恹欲睡的情绪又将如何？我那时是惊奇地叫了一声的！

那就是白杨树，西北极普通的一种树，然而实在不是平凡的一种树！

那是力争上游的一种树，笔直的干，笔直的枝。它的干呢，通常是丈把高，像是加以人工似的，一丈以内，绝无旁枝；它所有的丫枝呢，一律向上，而且紧紧靠拢，也像是加以人工似的，成为一束，绝无横斜逸出；它的宽大的叶子也是片片向上，几乎没有斜生的，更不用说倒垂了；它的皮，光滑而有银色的晕圈，微微泛出淡青色。这是虽在北方的风雪的压迫下却保持着倔强挺立的一种树！哪怕只有碗来粗细罢，它却努力向上发展，高到丈许，二丈，参天耸立，不折不挠，对抗着西北风。

这就是白杨树，西北极普通的一种树，然而决不是平凡的树！

它没有婆娑的姿态，没有屈曲盘旋的虬枝，也许你要说它不美丽——如果美是专指“婆娑”或“横斜逸出”之类而言，那么白杨树算不得树中的好女子；但是它却是伟岸，正直，朴质，严肃，也不缺乏温和，更不用提它的坚强不屈与挺拔，它是树中的伟丈夫！当你在积雪初融的高原上走过，看见平坦的大地上傲然挺立这么一株或一排白杨树，难道你觉得树只是树，难道你就不想到它的朴质，严肃，坚强不屈，至少也象征了北方的农民；难道你竟一点也不联想到，在敌后的广大土地上，到处有坚强不屈，就像这白杨树一样傲然挺立的守卫他们家乡的哨兵！难道你又不更远一点想到这样枝枝叶叶靠紧团结，力求上进的白杨树，宛然象征了今天在华北平原纵横决荡用血写出新中国历史的那种精神和意志。

白杨不是平凡的树。它在西北极普遍，不被人重视，就跟北方农民相似；它有极强的生命力，磨折不了，压迫不倒，也跟北方的农民相似。我赞美白杨树，就因为它不但象征了北方的农民，尤其象征了今天我们民族解放斗争中所不可缺的朴质，坚强，以及力求上进的精神。

让那些看不起民众，贱视民众，顽固的倒退的人们去赞美那贵族化的楠木（那也是直干秀颀的），去鄙视这极常见，极易生长的白杨罢，但是我要高声赞美白杨树！

大地山河

住在西北高原的人们，不能想象江南太湖区域所谓“水乡”的居民的生涯；所谓“暮春三月，江南草长，杂花生树，群莺乱飞”，也还不是江南“水乡”的风光。缺少那交错密布的水道的西北高原的居民，听说人家的后门外就是河，站在后门口（那就是水阁的门），可以用吊桶打水，午夜梦回，可以听得橹声欸乃，飘然而过，总有点难以构成形象的罢？

没有到过西北——或者就是豫北陕南罢——如果只看地图，大概总以为那些在普通地图上有名有目的河流，至少比江南“水乡”那些不见于普通地图上的“港”呀，“汊”呀，要大得多罢？至少总以为这些河终年汤汤，可以行舟的罢？有一个朋友曾到开封，那时正值冬季，他站在堤上，却还不知道他脚下所站的，就是有名的黄河堤岸；他向下视，只见有几股细水，在淤黄泥沙中流着，他还问：“黄河在哪里？”却不知这几股细水，就是黄河！原来黄河在水浅季节，就是几股细水！

大凡在地图上有名有目的西北的河，到了冬季水浅，就是和江南的沟渠一样的东西，摆几块石头在浅处，是可以徒涉的。

乌鲁木齐河，那也是鼎鼎大名的；然而当我看见马车涉河而过的时候，我惊讶于这就是乌鲁木齐河！学生们卷起裤管，就徒涉了延水的事，如果不是亲见，也觉得可惊，因为延水在地图上也是有名有目的呀！

但是当夏季涨水的当儿，这些河却也实在威风。延水一次上流涨水，把“女大”用以系住浮桥的一块几万斤重的大石头冲走了十多丈路。

光是从天空飞过，你不能具体的了解所谓“西北高原”的意义。光是从地上走过，你了解得也许具体些，然而还不够“概括”（恕我借用这两个字）。

你从客机的高度仪的指针上看出你是在海拔三千多公尺以上了，然而你从玻璃窗向下看，吓，城郭市廛，历历在目，多清楚！那时你会恍然于下边是高原了。但在你还得在地上走过，然后你这认识才能够补足。

你会不相信你不是在平地上。可不是一望平畴，麦浪起伏？可是你再极目远望，那边天际一道连山，不也是和你脚下的“平地”是并列的么？有时你还觉得它比你脚下的低呢！要是凑巧，你的车子到了这么一个“土腰”，下面是万丈断崖，而这万丈断崖也还是中间阶段而已，那时你大概才切实地明白了高原之所以为高原了罢？

这也不是凭空可以想象的。

谢家的哥哥以“撒盐”比拟下雪，他的妹妹说，“未若柳絮因风舞”。自来都认为后者佳胜。自然，“柳絮因风舞”，多么清灵俊逸；但这是江南的雪景。如果说北方，那么谢家哥哥的比拟实在也没有错。当然也有下大朵的时候，那也是“柳絮”了，不过，“撒盐”时居多。

积在地上，你穿了长毡靴走过，那煞煞的响声，那颇有燥感的粉末，就会完全构成了“盐”的印象。要是在大野，一望皆白，平常多坎陷与浮土的道路，此时成为砥平而坚实，单马曳的雪橇轻溜溜地滑过，那时你真觉得心境清凉——而实在，空气也清洁得好像滤过。

我曾在戈壁中远远看见一片白，颇惊讶于五月有雪，后来才知道这是盐池！

一九四一年八月十九日

冥屋

小时候在家乡，常常喜欢看东邻的纸扎店糊“阴屋”以及“船、桥、库”一类的东西。那纸扎店的老板戴了阔铜边的老花眼镜，一面工作一面和那些靠在他柜台前捧着水烟袋的闲人谈天说地，那态度是非常潇洒。他用他那熟练的手指头折一根篾，捞一朵浆糊，或是裁一张纸，都是那样从容不迫，很有艺术家的风度。

两天或三天，他糊成一座“阴屋”。那不过三尺见方，两尺高。但是有正厅，有边厢，有楼，有庭园；庭园有花坛，有树木。一切都很精致，很完备。厅里的字画，他都请教了镇上的画师和书家。这实在算得一件“艺术品”了。手工业生产制度下的“艺术品”！

它的代价是一块几毛钱。

去年十月间，有一家亲戚的老太太“还寿经”。我去“拜揖”，盘桓了差不多一整天。我于是看见了大都市上海的纸扎店用了怎样的方法糊“阴屋”以及“船、桥、库”了！亲戚家所定的这些“冥器”，共值洋四百余元。“那是多么繁重的工作！”——我心里这么想。可是这么大的工程还得当天现做，当天现烧。并且离烧化前四小时，工程方才开始。女眷们惊讶那纸扎店怎么赶得及，然而事实上恰恰赶及那预定的烧化时间。纸扎店老板的精密估计很可以佩服。

我是看着这工程开始，看着它完成；用了和儿时同样的兴味看着。

这仍然是手工业，是手艺，毫不假用机械；可是那工程的进行，在组织上，方法上，都是道地的现代工业化！结果，这是商品，四百余元的代价！

工程就在做佛事的那个大寺的院子里开始。动员了大小十来个人，作战似的三小时的紧张！“船”是和我们镇上河里的船一样大，“桥”也和镇上的小桥差不多，“阴屋”简直是上海式的三楼三底，不过没有那么高。这样的大工程，从扎架到装潢，一气呵成，三小时的紧张！什么都是当场现做，除了“阴屋”里的纸糊家具和摆设。十来个人的总动员有精密的分工，紧张连系的动作，比起我在儿时所见那故乡的纸扎店老板捞一朵浆糊，谈一句闲天，那种悠游从容的态度来，当真有天壤之差！“艺术制作”的兴趣，当然没有了；这十几位上海式的“阴屋”工程师只是机械地制作着。一忽儿以后，所有这些船、桥、库、阴屋，都烧化了；而曾以三小时的作战精神制成了它们的“工程师”，仍旧用了同样的作战的紧张帮忙着烧化。

和这些同时烧化的，据说还有半张冥土的房契（留下的半张要到将来那时候再烧）。

时代的印痕也烙在这些封建的迷信的仪式上。

一九三二年十一月八日

乡村杂景

人到了乡下便像压紧的弹簧骤然放松了似的。

从矮小的窗洞望出去，天是好像大了许多，松喷喷的白云在深蓝色的天幕上轻轻飘着；大地伸展着无边的“夏绿”，好像更加平坦；远处有一簇树，矮矮地蹲在绿野中，却并不显得孤独；反射着太阳光的小河，靠着那些树旁边弯弯地去了。有一座小石桥，桥下泊着一条“赤膊船”。

在乡下，人就觉得“大自然”像老朋友似的嘻开着笑嘴老在你门外徘徊——不，老实是“排闼直入”，蹲在你案头了。

住在都市的时候到公园里去走走，你也可以看见蓝天，白云，绿树，你也会暂时觉得这天，这云，这树，比起三层楼窗洞里所见的天的一角，云的一抹，树的尖顶确实是更近于“自然”；那时候，你也会暂时感到“大自然”张开了两臂在拥抱你了。但不知怎的，总也时时会感得这都市公园内所见的“大自然”不过是“大自然”的一部分，而且好像是“人工的”——比方说，就像《红楼梦》大观园里“稻香村”的田园风光是“人工的”一般。

生长在农村，但在都市里长大，并且在都市里饱尝了“人间味”，我自信我染着若干都市人的气质；我每每感到都市人的气质是一个弱点，总想摆脱，却怎的也摆脱不下；然而到了乡村住下，静思默念，我又觉得自己的血液里原来还保留着乡村的“泥土气息”。

可以说有点爱乡村罢？

不错，有一点。并不是把乡村当作不动不变的“世外桃源”所以我爱。也不是因为都市“丑恶”。都市美和机械美我都赞美的。我爱的，是乡村的浓郁的“泥土气息”。不像都市那样歇斯底里，神经衰弱，乡村是沉着的，执拗的，起步虽慢可是坚定的——而这，我称之为“泥土气息”。

让我们再回到农村的风景罢——

这里，绿油油的田野中间又有发亮的铁轨，从东方天边来，笔直地向西去，远得很，远得很；就好像是巨灵神在绿野里划的一条墨线。每天早晚两次，机关车拖着一长列的车厢，像爬虫似的在这里走过。说像爬虫，可一点也不过分冤枉了这家伙。你在大都市车站的月台上，听得“嗜”——的一声歇斯底里的口笛，立刻满月台的人像鬼迷了似的乱推乱撞，而于是，在隆隆的震响中，“这家伙”喘着大气冲来了，那时你觉得它快得很，又莽撞得很，可不是？然而在辽阔的田野中，凭着短窗远远地看去，它就像爬虫，怪妩媚地爬着，爬着，直到天边看不见，混失在绿野中。

晚间，这家伙按着钟点经过时，在夏夜的薄光下，就像是一条身上有磷光的黑虫，爬得更慢了，你会代替它心焦。

还有那天空的“铁鸟”，一天也有一次飞过。像一个尖嘴姑娘似的，还没见她的身影儿就听得她那吵闹的骚音，飞的不很高，翅膀和尾巴看去都很分明。它来的时候总在上午，乡下人的平屋顶刚刚袅起了白色的炊烟。戴着大箬笠穿了铁甲似的“蒲包衣”[①]，在田里工作的乡下人偶然也翘头望一会儿，一点表情都没有。他们当然不会领受那“铁

① 乡下人夏天落田，都穿这特别的蒲包衣，犹之雨天穿蓑衣或棕衣。——作者原注

鸟”的好处，而且他们现在也还没吃过这“铁鸟”的亏。他们对于它淡漠得很，正像他们对于那“爬虫”。

他们憎恨的，倒是那小河里的实在可怜相的小火轮。这应该说是一“伙”了，因为有烧煤的小火轮，也有柴油轮——乡下人叫作“洋油轮船”，每天经过这小河，相隔二三小时就听得那小石桥边有吱吱的汽管叫声。这小火轮的一家门，放在大都市的码头上，谁也看它们不起。可是在乡下，它们就是恶霸。它们轧轧地经过那条小河的时候总要卷起两道浪头，泼剌剌地冲打那两岸的泥土。这所谓“浪头”，自然么小可怜，不过半尺许高而已，可是它们一天几次冲打那泥岸，已经够使岸那边的稻田感受威胁。大水的年头儿，河水快与岸平，小火轮一过，河水就会灌进田里。就在这一点，乡下人和小火轮及其堂兄弟柴油轮成了对头。

小石桥迤西的河道更加窄些，轮船到石桥口就要叫一声，仿佛官府喝道似的。而且你站在那石桥上就会看见小轮屁股后那两道白浪泛到齐岸半寸。要是那小轮是烧煤的，那它沿路还要撒下许多黑屎，把河床一点一点填高淤塞，逢到大水大旱年成就要了这一带的乡下人的命。乡下人憎恨小火轮不是盲目的没有理由的。

沿着铁轨来的“爬虫”怎样像蚊子的尖针似的嘴巴吮吸了农村的血，乡下人是理解不到的；天空的“铁鸟”目前和乡村是无害亦无利；剩下来，只有小火轮一家门直接害了乡下人，就好比横行乡里的土豪劣绅。他们也知道对付那水里的“土劣”的方法是开浚河道，但开河要抽捐，纳捐是老百姓的本分，河的开不开却是官府的事。

刚才我不是说小石桥西首的河身特别窄么？在内地，往往隔开一个山头或是一条河就另是一个世界。这里的河身那么一窄，情形也就不同了。那边出产“土强盗”。这也是非常可怜相的“土强盗”，没有枪，只有锄头和菜刀。可是他们却有一个“军师”。这“军师”又不是活人，而是一尊小小的泥菩萨。

这些“土强盗”不过十来人一帮。他们每逢要“开市”，大家就围住了这位泥菩萨军师磕头膜拜，嘴里念着他们的“经”，有时还敲“法器”，跟和尚的“法器”一样。末了，“土强盗”伙里的一位——他是那泥菩萨军师的“代言人”——就宣言“今晚上到东南方有利”，于是大家就到东南方。“代言人”负了那泥菩萨到一家乡下人的门前，说“是了”，他的同伴们就动手。这份被光顾的人家照例是什么值钱的东西也不会有的，“土强盗”自然也知道；他们的目的是绑票。住在都市里的人一听说“绑票”就会想到那是一辆汽车，车里跳下四五人，都有手枪，疾风似的攫住了目的物就闪电似的走了。可是我们这里所讲的乡下“土”绑票却完全不同。他们从容得很。他们还有“仪式”。他们一进了“泥菩萨军师”所指定的人家，那位负着泥菩萨的“代言人”就站在门角里，脸对着墙，立刻把菩萨解下来供在墙角，一面念佛，一面拜，不敢有半分钟的停顿。直到同伴们已经绑得了人，然后他再把泥菩萨负在背上，仍然一路念佛跟着回去。

第二天，假使被绑的人家筹得了两块钱，就可以把肉票赎回。

据说这一宗派的“土”绑匪发源于温台[①]，可是现在似乎别处也有了。而他们也有他们的“哲学”。他们说，偷一条牛还不如绑一个人便当。牛使牛性的时候，怎的鞭打也不肯走，人却不会那么顽强抵抗。

真是多么可怜相，然而妩媚的绑匪呵？

---

① 所谓“温台”，指浙江省旧温州府和台州府的辖区。——作者原注

大旱

这是大旱年头一个小小乡镇里的故事。

亲爱的读者：也许你是北方人，你就对于这故事的背景有点隔膜了。不过我也有法子给你解释个明白。

第一，先请你记住：这所谓小小的乡镇至少有北方的二等县城那么热闹；不，单说热闹还不够，再得加一个形容词——摩登。镇里有的是长途电话（后来你就知道它的用处了），电灯，剪发而且把发烫曲了的姑娘，抽大烟的少爷，上海流行过三个月的新妆，还有——周乡绅六年前盖造的“烟囱装在墙壁里”的洋房。

第二，这乡镇里有的是河道。镇里人家要是前面靠街，那么，后面一定靠河；北方用吊桶到井里去打水，可是这个乡镇里的女人永远知道后房窗下就有水；这水，永远是毫不出声地流着。半夜里你偶然醒来，会听得窗外（假使你的卧室就是所谓靠河的后房）有咿咿哑哑的橹声，或者船娘们带笑喊着“扳艄”，或者是竹篙子的铁头打在你卧房下边的石脚上——铮的一响，可是你永远听不到水自己的声音。

清早你靠在窗上眺望，你看见对面人家在河里洗菜洗衣服，也有人在那里剖鱼，鱼的鳞甲和肠子在水面上慢慢地漂流，但是这边——就在你窗下，却有人在河水里刷马桶，再远几间门面，有人倒垃圾，也有人挑水——挑回去也吃也用。要是你第一回看见了这种种，也许你胸口会觉得不舒服，然而这镇里的人永远不会跟你一样。河水是“活”的，它慢慢地不出声地流着；即使洗菜洗衣服的地方会泛出一层灰色，刷马桶的地方会浮着许多嫩黄色的泡沫，然而那庄严的静穆的河水慢慢地流着流着，不多一会儿就还你个茶色的本来面目。

所以，亲爱的读者，第三项要请你记住的，这镇里的河是人们的交通要道，又是饮料的来源，又是垃圾桶。

镇外就是田了，镇上人谈起一块田地的“四至”来，向来是这样的：“喏，东边到某港，西边靠某浜，南边又是某港，北边就是某某塘（塘是较大的河）。”水，永远是田地的自然边界。可是，我的朋友，请你猜一猜，这么一块四面全是河道的田地有多少亩？一百亩罢？太多太多！五十亩呢？也太多！十亩，二十亩？这就差不多了！水是这么的“懂事”，像蛛网一般布满了这乡镇四周的田野。亲爱的读者，这就是我要报告的第四项了。

这样的乡村，说来真是“鱼米之邦”，所谓“天堂”了罢！然而也不尽然。连下了十天雨，什么港什么浜就都满满的了，乡下人就得用人工来排水了，然而港或浜的水只有一条出路：河。而那永远不慌不忙不出声流着的河就永远不肯把多余的水赶快带走。反过来，有这么二十天一个月不下雨，糟了，港或浜什么的都干到只剩中心里一泓水，然而那永远不慌不忙不出声流着的河也是永远不会赶快带些水来喂饱港或浜。

要是碰到像今年那样一气里五六十天没有雨，嘿嘿！你到乡下去一看，你会连路都认不准呢！我要讲的故事，就从这里开头。

从前要到这小小的乡镇去，你可以搭小火轮。从这镇到邻近的许多小镇，也都有小汽油轮。那条不慌不忙不出声流着的镇河里每天叫着各种各样的汽笛声。这一次四十多天不下雨，情形可就大大不同。上海开去的小火轮离镇五六十里就得停住，客人们换上了小船，再前进。这些小船本来是用橹的，但现在，橹也不行，五六十里的路就全靠竹篙子撑。好容易到得镇梢时，小船也过不去了，客人们只好上岸走。这里是一片荒野，离镇还有十多里路。

我到了镇中心区的时候，已经是晚上九点多钟。街上有些乘凉的人。我走上了一座大桥，看见桥顶上躺着七八个人，呼呼地打鼾。这里有一点风，被风一吹，这才觉得倦了，我就拣一个空位儿也放倒了身体。

“外港尚且那样，不知这镇河干成了什么样子？”我随便想，就伛起身子来看河里。这晚上没有月亮，河里墨黑，从桥顶望下去，好像深得很。渐渐看出来了，有两点三点小小的火光在河中心闪动。隐隐约约还有人声。“哦！还好！”我心里松了一松，我以为这三三两两的火光自然就是从前见惯的“生意船”，或者是江北船户在那里摸螺蛳。然而火光愈来愈近了，快到了桥边了，我睁大眼睛看，哪里有什么船呢，只是几个赤条条的人！小时候听人讲的“落水鬼”故事便在我脑上一闪。这当儿，河里的人们也从桥堍的石埠走上来了，的的确确是“活人”，手里拿着竹丝笼，他们是在河里掏摸小蟹的顽皮孩子。原来这一条从前是交通要道，饮料来源，又兼无底垃圾桶的镇河，现在却比小小的沟还不如！

四十多天没雨，会使这小小的乡镇完全改变了面目，本来是“路”的地方会弄到不成其为“路”。

从前这到处是水的乡镇，现在水变成了金子。人们再不能够站在自家后门口吊水上来，却要跑五六里路挨班似的这才弄到一点泥浆样的水。有人从十多里路远的地方挑了些像样的水来，一毛钱一桶；可是不消几天，就得跑它二十多里路这才有像样的水呢！

白天，街上冷清清地不大见人，日中也没有市。这所谓“市”，就是乡下人拿了农产物来换日用品。我巡游着那冷落的市街，心里就想起了最近读过的一首诗。这位住在都市的诗人一面描写夜的都市里少爷小姐的跳舞忙，一面描写乡下人怎样没昼没夜地戽水，给这两种生活作一个对比。我走过那些不见一个乡下人的街道时，我自然也觉得乡下人一定是田里忙了，没有工夫上镇里来“做市面”。但是后来我就发现了我的错误。街那边有一家出租汽油灯的铺子，什么“真正国货光华厂制”的汽油灯，大大小小挂满了一屋子，两个人正靠在铺前的柜台边谈闲天。我听得中间一位说道：

“亏本总不会罢？一块钱一个钟头，我给你算算，足有六分钿呢！”

说话的是四十来岁的长条子，剃一个和尚头，长方脸，眯细了眼睛，大概是近视，却不戴眼镜。我记起这位仁兄来了。他是镇上的一位“新兴资产阶级”，前年借了一家歇业的典当房子摆了三十多架织布机，听说干得很得手呢。我站住了，望望那一位。这是陌生面孔，有三十多岁，一张圆脸儿，晒得印度人似的。他懒洋洋摸着下巴回答这长条子道：

“六分钿是六分钿，能做得几天生意呢？三部车本钱也要一千光景，租船难道不要钱？初头上开出去抽水，实实足足做了八天生意。你算算有什么好处？现在，生意不能做了，船又开不回来，日晒夜露，机器也要出毛病呵！”

“唔唔，出毛病还在其次……就怕抢！”

长条子摇着头说，眯细了眼睛望望天空。

我反正有的是空工夫，就踅到柜台边跟他们打招呼。几句话以后，我就明白了他们讨论的“亏本不亏本”是什么。原来那黑圆脸的就是汽油灯铺子的老板，他买了三部苏农厂的抽水机，装在小船上，到乡下去出租，一块钱一点钟，汽油归他出。这项生意是前年发大水的时候轧米厂的老板行出来的，很赚了几个钱。今年汽油灯铺的老板就来学样，却不料乡下那些比蛛网还密的什么港什么浜几天工夫里就干得一滴水也没有了，抽水机虽然是“利器”，却不能从十里外的大河里取水来，并且连船带机器都搁浅在那里，回不到镇里了。港极多的乡下，现在干成了一片大片原。乡下人闲得无事可做。他们不到镇里来，倒不是为的戽水忙，却是为的水路干断——平常他们总是摇了船来的。再者，他们也没有东西可卖，毒热的太阳把一切“耘生”[1]都活活晒死了。

这一个小小的热闹摩登的乡镇于是就成为一个半死不活的荒岛了：交通断绝，饮水缺乏，商业停顿。再有三四十天不下雨，谁也不敢料定这乡镇里的人民会变成了什么！

可是在这死气沉沉的环境中，独有一样东西是在大活动。这就是镇上的长途电话。米店老板一天要用好几次长途电话，探询上海或是无锡的米价钱；他们要照都市里的米价步步涨高起来，他们又要赶快进货，预备挣一笔大钱。公安分局也是一天要用那长途电话好几次的；他们跟邻镇跟县里的公安局通消息，为的恐怕乡下人抢米，扰乱地方治安；他们对于这一类事，真是眼明手快，勇敢周密。

---

① 庄稼。

旧账簿

去年有一位乡先辈发愿修“志”。我们那里本来有一部旧志，是乾隆年间一位在我乡做官的人修的。他是外路人，而且“公余”纂修，心力不专，当然不免有些不尽不备。但这是我乡第一部“志”。

这一回，要补修了，经费呢，不用说，那位乡先辈独力担任；可是他老先生事情忙得很，只能在体裁方面总其成，在稿子的最后决定时下一判断，事实上的调查搜辑以及初稿的编辑，他都委托了几个朋友。

是在体例的厘定时，他老先生最费苦心。他披览各地新修的县志镇志，参考它们的体例；他又尽可能地和各“志”的纂修者当面讨论；他为此请过十几次的客。

有一次请客，主要的“贵宾”是一位道貌岸然，长胡子的金老先生。他是我们邻镇的老辈，他修过他自己家乡的“志”——一部在近来新修的志书中要算顶完备的镇志。他有许多好意见。记得其中之一是他以为“镇志”中也可有“赋税”一门，备载历年赋税之轻重，而“物价”一项，虽未便专立一门，却应在有关各门中特别注意；例如在“农产”，顶好能够调查了历来农产物价格之涨落，列为详表，在“工业”门，亦复如此。

老先生的意见，没有人不赞成。但是怎样找到那些材料呢？这是个问题。老先生捻须微笑道："这儿，几十年的旧账簿就有用处。"

从那一顿饭以后，我常常想起了我小时看见的我家后楼上一木箱的陈年旧账簿。这些旧账簿，不晓得以何因缘，一直保存下来，十岁时的我，还常常去翻那些厚本子的后边的空白纸页，撕下来做算草。但现在，我可以断定，这一木箱的陈年旧账簿早已没有了。是烧了呢，或是"换了糖"？我记不清。总之，在二十年前，它们的命运早已告终。而我也早已忘记我家曾经有过那么一份不值钱的"古董"。

现在经那位金老先生一句话，我就宛然记得那一厚本一厚本的旧账簿不但供给过我的算草稿，还被我搬来搬去当作垫脚砖，当我要找书橱顶上一格的木板旧小说的时候；那时候，我想不到这些"垫脚砖"就是——不，应该说不但是我家"家乘"的一部分，也就是我们"镇志"的一部分。

实在的，要晓得我们祖父的祖父曾经怎样生活着，最能告诉我们真实消息的，恐怕无过于陈年的旧账簿！

我们知道，我们的历史，也无非是一种"陈年旧账簿"。但可惜这上头，"虚账"和"花账"太多！

我们又知道我们读这所谓"历史"的陈年旧账簿得有"眼光"。不但得有"眼光"，而且也得有正确的"读法"。正像那位金老先生有他的对于"陈年旧账簿"的正确的"看法"一样。

在这里，我就想起了我所认识的一位乡亲对于他家的一叠"陈年旧账簿"的态度。

这一位乡亲，现在是颓潦倒了，但从前，他家也着实过得去，证据就在他家有几十年的"陈年旧账簿"——等身高的一叠儿。他的父亲把亲手写的最后一本账簿放在祖传的那一堆儿的顶上，郑重地移交给他——那还是三十多年前的事；他呢，从老子手里接收了那"宝贝"以后，也每年加上一本新的，厚厚的一本儿。那时候，他也着实过得去。可是近几年来就不同了。证据就在他近年来亲手写的账簿愈来愈薄，前年他叹气对人说："只有五十张纸了！"说不定他今年的账簿只要二十张纸。

然而他对于“陈年旧账簿”的态度一贯的没有改变。不——应该说，他的境遇愈窘则他对于他那祖传的“陈年旧账簿”的一贯的态度就更加坚决更加顽强。例如：三五年前他还没十分潦倒的时候，听得人家谈起了张家讨媳妇花多少，李家嫁女儿花多少，他还不过轻轻一笑道：“从前我们祖老太爷办五姑姑喜事的时候，也用到了李家那个数目，先严大婚，花的比张家还要多些：这都有旧账簿可查！然而你不要忘记，那时候油条只卖三文钱一根！”从前年起，他就不能够那么轻轻一笑了事了。前天大年夜，米店的伙计在他家里坐索十三元八角的米账的时候，他就满脸青筋直暴，发疯似的跳进跳出嚷道：“说是宕过了年，灯节边一定付清，你不相信么？你不相信我家么？我们家，祖上传来旧账簿一叠，你去看看，哪一年不是动千动万的大进出！我肯赖掉你这十三元八角么？笑话，笑话！”他当真捧了一大堆的“陈年旧账簿”出来叫那米店伙计“亲自过目”。据说，那一个大年夜他就恭恭敬敬温读了那些“陈年旧账簿”一夜。他感激得掉下眼泪来，只喃喃地自言自语着：“祖上哪一年不是动千动万的进出……镇上那些暴发户谁家拿得出这样一大堆的旧账簿！哦，拿得出这样一大堆的几十年的旧账簿的人家，算来就只有三家：东街赵老伯，南街钱二哥，本街就只有我了！”他在他那祖传的“陈年旧账簿”中找得了自傲的确信。过去的“黄金时代”的温诵把他现在的“潦倒的痛疮”轻轻地揉得怪舒贴。

这是对于“陈年旧账簿”的一种“看法”。而这种“看法”对于那位乡亲的效用好像还不只是“挡债”，还不只是使他“精神上胜利”，揉平了现实的“潦倒的痛疮”。这种“看法”，据说还使他能够“心广体胖”，随遇而安。例如他的大少爷当小学教员，每月薪水十八元，年青人不知好歹，每每要在老头子跟前吐那些更没有别的地方让他吐的“牢骚”；这当儿，做老子的就要“翻着旧账簿”说：“十八元一月，一年也有二百元呢；从前你的爹爹还是优贡呢，东街赵老伯家的祖老太爷请他去做西席，一年才一百二十呀！你不相信，查旧账簿！祖上亲笔写得有哪！”

这当儿，我的乡亲就忘记了他那“旧账簿”也写着油条是三文钱一根！

虽然照这位乡亲精密的计算，我们家乡只有三家人家“该得起”几十年的“陈年旧账簿”，但是我以为未必确实。差不多家家都有过“旧账簿”，所成问题者，年代久远的程度罢了。自然，像那位乡亲似的“宝贝”着而且“迷信”着“旧账簿”——甚至还夸耀着他有“那么一叠的旧账簿”的，实在很多；可是并不宝爱“旧账簿”，拿来当柴烧或者换了糖的，恐怕也不少。只是能够像上面说过的那位金老先生似的懂得“旧账簿”的真正用处的，却实在少得很呵！

又有人说，那位乡亲对“旧账簿”的看法还是那位跟他一样有祖传一大叠“旧账簿”的东街“赵老伯”教导成的，虽然“赵老伯”自家的“新账簿”却一年一年加厚——他自家并不每事“查旧账”而是自有他的“新账”。

不过，这一层“传说”，我没有详细调查过，只好作为“悬案”了。

一九三五年一月二十日“查旧账”之时

交易所速写

门前的马路并不宽阔。两部汽车勉强能够并排过去。门面也不见得怎么雄伟。说是不见得怎么雄伟，为的想起了爱多亚路那纱布交易所大门前二十多步高的石级。自然，在这“香粉弄”一带，它已经是唯一体面的大建筑了。我这里说的是华商证券交易所的新屋。

直望进去，一条颇长的甬道，两列四根的大石柱阻住了视线。再进一步就是“市场”了。跟大戏院的池子仿佛。后方上面就是会叫许多人笑也叫许多人哭的“拍板台”。

正在午前十一时，紧急关头，拍到了“二十关”。池子里活像是一个蜂房。请你不要想象这所谓池子的也有一排一排的椅子，跟大戏院的池子似的。这里是一个小凳子也不会有的，人全站着，外圈是来看市面准备买或卖的——你不妨说他们大半是小本钱的“散户”，自然也有不少“抢帽子”的。他们不是那吵闹得耳朵痛的数目字潮声的主使。他们有些是仰起了头，朝台上看——请你不要误会，那卷起袖子直到肩胛边的拍板人并没有什么好看，而且也不会看出什么道理来的；他们是看着台后像“背景”似的显出“××××库券”，“×月期”……之类的“戏目”（姑且拿“戏目”作个比方罢），特别是这“戏目”上面那时时变动的电光记数牌。这高高在上小小的嵌在台后墙上的横长方形，时时刻刻跳动着红字的阿拉伯数目字，一并排四个，两个是单位“元”以下，像我们在普通账单上常常看见的式子，这两个小数下边有一条横线，红色，字体可也不小，因而在池子里各处都可以看得明明白白。这小小的红色电光的数目字是人们创造，是人们使它刻刻在变，但是它掌握着人们的“命运”。

不——应当说是少数人创造那红色电光的纪录，使它刻刻在变，使它成为较多数人的不可测的“命运”。谁是那较多数呢？提心吊胆望着它的人们，池子外圈的人们自然是的——而他们同时也是这魔法的红色电光记录的助成者，虽然是盲目的助成者；可是在他们以外还有更多的没有来亲眼看着自己的“命运”升沉的人们，他们住在上海各处，在中国各处，然而这里台上的红色电光的一跳，会决定了他们的破产或者发财。

被外圈的人们包在中央的，这才是那吵得耳朵痛的数目字潮声的发动器。很大的圆形水泥矮栏，像一张极大的圆桌面似的，将他们围成一个人圈。他们是许多经纪人手下做交易的，他们的手和嘴牵动着台上墙头那红色电光数目字的变化。然而他们跟那红色电光一样，本身不过是一种器械，使用他们的人——经纪人，或者正交叉着两臂站在近旁，或者正在和人咬耳朵。忽然有个伙计匆匆跑来，于是那经纪人就赶紧跑到池子外他的小房间去听电话了，他挂上了听筒再跑到池子里，说不定那红色电光就会有一次新的跳动，所有池子里外圈的人们会有一次新的紧张——撑不住要笑的，咬紧牙关眼泪往肚子里吞的，谁知道呢，便是那位经纪人在接电话以前也是不知道的。他也是程度上稍稍不同的一种器械罢了。

池子外边的两旁——上面是像戏院里“包厢”似的月楼，摆着一些长椅子，这些椅子似乎从来不会被同一屁股坐上一刻钟或二十分的，然而亦似乎不会从来没有人光顾，做了半天冷板凳的。这边，有两位咬着耳朵密谈；那边，又是两位在压低了嗓子争论什么。靠柱子边的一张椅子里有一位弓着背抱了头，似乎转着念头：跳黄浦呢，吞生鸦片烟？那边又有一位——坐在望得见那魔法的红色电光记录牌的所在，手拿着小本子和铅笔，用心地记录着，像画“宝路”似的，他相信公债的涨落也有一定的“路”的。

也有女的。挂在男子臂上，太年青而时髦的女客，似乎只是一同进来看看。那边有一位中年的，上等的衣料却不是顶时式的裁制，和一位中年男子并排站着，仰起了脸。电光的红字跳一，她就推推那男子的臂膊；红字再跳一，她慌慌张张把男子拉在一边叽叽喳喳低声说了好一大片。

一位胡子刮得光光的，只穿了绸短衫裤，在人堆里晃来晃去踱方步，一边踱，一边频频用手掌拍着额角。

这当儿，池子里的做交易的叫喊始终是旋风似的，海潮似的。

你如果到上面月楼的铁栏杆边往下面一看，你会忽然想到了旧小说里的神仙：“只听得下面杀声直冲，拨开云头一看”——你会清清楚楚看到中央的人圈怎样把手掌伸出缩回，而外圈的人们怎样钻来钻去，像大风雨前的蚂蚁。你还会看见时时有一团小东西，那是纸团，跟纽子一般模样的，从各方面飞到那中央的人圈。你会想到神仙们的祭起法宝来罢？

有这么一个纸团从月楼飞下去了。你于是留心到这宛然在云端的月楼那半圆形罢。这半圆圈上这里那里坐着几个人，在记录着什么，肃静地一点声音都没有。他们背后墙上挂着些经纪人代表的字号牌子。谁能预先知道他们掷下去的纸团是使空头们哭的呢还是笑的？

无稽的谣言吹进了交易所里会激起债券涨落的大风波。人们是在谣言中幻想，在谣言中兴奋，或者吓出了灵魂。没有比他们更敏感的了。然而这对于谣言的敏感要是没有了，公债市场也就不成其为市场了。人心就是这么一种怪东西。

苏嘉路上

一　一月五日的上海西站

这天下午三时，上海西站沸腾着无数的行李和无数的旅客。站内，平时是旅客们候车的地方，这天“候”在那里的，却是堆到天花板高的箱笼和铺盖。

“昨天挂了牌的行李，还堆在站里呢——喏，那边，你看！今天的么？明天后天，说不定哪天能装出。”

月台上一个“红帽子”大声对一个旅客说。

这天是阴天，一列铁闷车又紧挨着月台，几盏电灯放射着苍白的光亮，其实灯光亦不弱，然而人们总感得昏黑。这天空气中太多的水分，加之太多的人嘘出来的水气，大概已经在月台上凝布成雾罢？看月台顶的电灯，委实像隔了一层雾。

一盏临时电灯像一个火黄色的牛奶柿，挂在一张板桌上面，这是临时的写行李票的办事处。围着这办公桌一圈的，是“红帽子”，也有旅客。这一圈子以外，运行李——不是进铁闷车而是进站的手车，川流不息地在往来，在跳跃。

“上西站”确是进入了“非常时代”；“上西站”平时清闲惯的，这天（自然不仅这一天）饱和着行李和旅客，也饱和着各种各样的声音，人们对话，非提高了嗓子是不行的。

“上西站”，这天有海关职员的临时办事处，检查行李，给报运的货物开税单。“上西站”，这天有路警和宪兵在留心汉奸。

这天的“上西站”饱和着各种各样的声音：天空，有敌人飞机的声音；远远传来的，有炮声，敌机投弹的轰炸声，甚至卜卜的机关枪声；站外，指定的狭长地段上，有着无数候车的旅客们的嚷嚷声——争执，抱怨，等得心焦时无目的的信口乱谈，小孩子的啼哭，还有，警宪维持秩序的吆喝声。

这天从早上起，大炮和机关枪的吼叫到处可以听得；从早上起，敌机数十架轮番轰炸沪西：三架一队的敌机几次从西南来，掠过“上西站”顶空，有时且低飞，隆隆的发动机声压倒了“上西站”的一切噪音。

大约四时半罢，三架一队的从东北来（那边是它们轰炸的目的地），低飞了，直向“上西站”。月台上忽然尖厉地响起了几声警笛。站外，立着“持有京沪车票者在此集合”木牌的狭长草地上就卷起了恐慌的骚动：女人们抱着孩子们站起来了，人们这时方知候车的“妇孺”竟有这样的多！

“坐下，不要动！”路警和宪兵们高声叫着。

于是不动。动也没有用。在“不动”中，人们重新记起了这是“英兵警戒区域”，敌人的炸弹大概不至于往这处投。

在“不动”中，人们看着三架一队的飞机在顶上盘旋一匝，复向北去，又看见另一队横掠而过，于是，猛听得轰轰两声，感得座下的草地也在震动以后，人们看着东北方冲起了几道黑烟。

“持有京沪车票者”集合队伍的尾巴不断地在加长——增添的，不只是人，也有这些人们的家当：包裹，竹箱，网篮，乃至洋铅桶中装着的碗盏和小饭锅。这是“家当”，不是“行李”，所以它们的主人们只想随身带着走，不去“挂牌子做行李”。暮色苍茫中，这一行列在进月台了，蠕动着，像一条受伤的虫。这一行列，其中十分之八的人们都有一件“法宝”——挑他们各自的“家当”的扁担或木棒；这时却不能挑，都竖将起来，步枪似的，高射炮似的，摇摆着，慢慢地前进。

行列中有一男一女；女的抱了个不满周岁的婴儿，男的背一只木箱，里面是工具——他是木匠。他们没有小包裹，也没有破竹箱；那口工具箱便是他们全部的家当了罢？

另一个中年男子，长袍、油腻的马褂、老鼠的眼睛和老鼠的须，肩头扛着个衣包，手里提着小网篮，篮里桠桠杈杈不知是些什么，都触角似的伸在篮口之外；他这些触角，老碰着别人，但他老在那里怪嫌别人碰了他。

淮海口音的一个妇人，脑后老大一个发髻扁而圆，武装着不少的钢针——这也许就是她糊口的工具罢？她像豪猪似的，使得后面往前挤的人们不得不对她保持相当的距离。有几个冒失鬼，伸长了颈子，往她这面挤，不止一次被她圆髻上的缝衣针拒退了。

夜色愈来愈浓，嚷嚷然推着挤着的这一行列终于都进了站台，消纳在车厢里。月台上走动的，只有穿制服的路员和警宪了，但灯光依旧昏花，像隔一层雾。

二　苏嘉路上

没有星，没有月亮，也不像有云。秋的夜空特有一种灰茫茫的微光。风挟带着潮湿，轻轻地，一阵阵，拂在脸上作痒。

徒步走过了曾经被破坏的铁路桥（三十一号）的旅客们都挤在路轨两旁了。这里不是“站头”，但一个月以来，这一段路轨的平凡的枕木和石子上，印过无数流离失所的人们的脚迹，渗透着他们的汗和泪，而且，也积压着他们的悲愤和希望罢？一个青年人俯首穆然注视了好一会儿，悄悄地——手指微抖地，拾了一粒石子，放进衣袋里去。

有人打起手电来了，细长一条青光掠过了成排的密集的人影：这里是壮年人的严肃的脸孔和忧郁的妇人的瘦脸木然相对，那边是一个虽然失血但还天真活泼的孩子的脸贴在母亲的胸口……手电的光柱忽然停留在一点上了，圆圈里出现三个汉子，蹲成一堆，用皮箱当作饭台，有几个纸包——该是什么牛肉干、花生米之类，有高粱酒罢，只一个瓶，套在嘴唇上，三位轮流。

和路轨并行的，是银灰色的一泓，不怎么阔，镶着芦苇的边儿。青蛙间歇地阁阁地叫。河边一簇一簇的小树轻轻摇摆。

“如果有敌机来，就下去这河滩边小树下躲一躲罢？”有人小声对他的同伴说，于是仰脸望着灰茫茫的夜空；而且，在肃然翘望的一二分钟间，他又回忆起列车刚开出“上西站”时所见的景象：那时夜幕初落，四野苍苍，车厢里仅有的一盏电灯也穿着黑纱的长袍，人们的面目瞧不清，但隐约可辨丰满胸脯细长身腰的是女性，而小铺盖似的依在大人身边的是孩童。被“黑纱的长袍”罩住的电灯光落在车厢地板上，圆浑浑的，像是神们顶上的光圈，有人伛着身子就着光圈阅读什么——也许是《抵抗》。忽然旅客们三三两两指着窗外纷纷议论了：东方的夜空有十多条探照灯光伞形似的张开着，高高低低的红星在飞舞追逐——据说，这就是给高射炮手带路的信号枪。车轮匀整地响着，但高射炮声依然听得到，密密地，像连绵的春雷一样。中国空军袭击敌人根据地杨树浦！仰首悠然回忆的那位年青人，嘴唇边掠过一抹微笑。

近来中国空军每夜来黄浦江边袭击，敌人的飞机却到内地各处去滥炸，但依据敌机暴行的“统计”看来，没有星月的晚上它们也还是不大出巢。也许为此罢，这临时待车处的路轨两旁并没施行怎样严格的“灯火管制”。路警和宪兵们杂在人堆里，有时也无目的地打着手电，纵横的青光，一条条。

草间似乎有秋虫也还在叫。虽不怎样放纵，却与永无片刻静定的人声凝成了厚重的一片，压在这夜的原野。远处，昏茫茫的背景前有几点萤火忽上忽下互相追逐。俄而有特大的一点，金黄色的，忽左忽右地由远而近，终于直向路轨旁的人群来了。隐约辨得出这是一个人提着灯笼。但即在这一刹那间，这灯光熄灭了。可是人们还能感觉出这人依然直向这边来，而且加入了这里的人群，在行列中转动，像一个陀螺，不多时，连他的声音也听到了，急促然而分明，是叫卖着："茶叶蛋——滚烫白米粥。"

这位半夜的小贩，大概来自邻近的村庄。那边有金色的眼睛，时开时阖的，大概就是那不知名的小村庄。听说为了"抽壮丁"，也为了"拉伕"，有些三家村里，男子都躲避起来了，只剩下女人们支应着门户。也许这位"半夜的小贩"就是个女的罢？然而列车刚过了松江站时，车上突然涌现出大批的兜生意的挑夫，却是壮丁。他们并不属于路局，他们也是所谓战时的"投机者"，但据说要钻谋到这么个"缺"，需要相当的"资本"。

提着"诸葛灯"的路警开始肃清轨道的工作。这并不怎么容易。侵占着轨道的，不单是人，还有行李。于是长长的行列中发生了骚动。但这，也给旅客们以快慰，因为知道期待中的火车不久就可以到了。

只听得一声汽笛叫，随即是隆隆的重音，西来的列车忽然已经到了而且停住。车上没有一点亮光。车上的人和行李争先要下来，早已挤断了车门，然而车下严阵以待也是争先要上去的，也是行李和人。有人不断地喝着："不要打手电！"然而手电的青光依然横斜交错。人们此时似乎只有一个念头：怎样赶先上去给自己的身体和行李找到个地位。敌机的可怕的袭击暂时已被忘记。手电光照见每一个窗洞都尽了非常的职务：行李和人从这里缒下，也从这里爬上。手电光也照见几乎所有的车门全被背着大包袱的——挣扎着要上去或下来的——像蜘蛛一样的旅客封锁住了。手电虽然大胆地使用着，但并没找到合意的"进路"，结果是实行"灯火管制"，一味摸黑"仰攻"。说是"仰"攻，并不夸张，因为车门口的"踏脚"最低一阶也离地有三尺多。

人们会想不通，女人和小孩子如何能上车。但事实上觉得自己确实已在车中的时候，便看见前后左右已有不少的妇孺。

黑茫茫中也不知车里拥挤到怎样程度。只知道一件：你已经不能动。你要是一伸脚，碰着的不是行李便是人。

两三位穿便衣的，有一盏“诸葛灯”，挤到车门口，高声叫道：“行李不能放在走路口！这是谁的？不行，不能挡住了走路！”行李们的主人也许就在旁边，可是装傻，不理。

“不行！挡住走路。回头东洋飞机来轰炸，这一车的人，还跑得了么？”便衣们严重地警告了。

行李们的主人依然不理，但是“非主人们”可着急了，有四五个声音同时喊道：“谁的东西？没有主儿的么，扔下车去！”这比敌机的袭击，在行李的主人看来，更多些可能性，于是他也慌了，赶快“自首”，把自己的舒服的座位让给他的行李（然而开车以后，因为暗中好行车，这些行李仍然蹲在走路上了）。

便衣们这样靠着“群众”的帮助，一路开辟过去。群众从便衣的暗示，纷纷议论着敌机袭击的危险，车厢里滚动着嘈杂的人声，列车却在这时悄悄地开动。

有一个角上，吵闹得特别有条理：似乎丢失了什么小物件（因为失主们老是说：口袋里都摸过了，没有）。同伴的三四位在互相抱怨，谁也不肯负责任，都是女的口音。一根火柴被擦亮了，这不服气的三四位打算在地下找寻。

“谁在那里点火？你不要命？”有人这样喊。

火也随即灭了，大概那根火柴已经烧尽。但立即第二根火柴又被擦亮，并且接着就是光芒四射的灯火；原来那三四位女客想得周到，还带着洋烛，此时就公然使用。抗议的声浪从四面八方起来了，但勇敢的她们付之不闻。

这是太“严重”了。车里谈着闲天的人们都停止了谈话，瞌睡的人们也陆续惊醒——人们的眼光都射在那烛光的一角，晃动着的烛光这时也移到座位底下了，隐约看见三四个女人的身子都弯着腰向地下寻找。同时，也已经有人挤过行李和人的障碍，到了她们的面前。烛光突然灭了，附带着厉声的呼叱：

“懂么？不许点火！再点，叫宪兵来抓！”

“可是我们丢了东西……”女人的口音，是淮海一路。

“等天亮了再找！”

这应该可以是“结论”了，然而不然。三四个女人的口音合力争辩她们必须赶快找，并且屡次说“找东西，又不犯法”。这时又有一人挤到她们面前来了，用了比较和缓的口气，这人说：“可是你们点火，就犯了法。你们看，车里不是没有电灯么？这不是铁路上要省钱，为的是防空——知道么？”

她们不知道。她们来自上海租界的工厂，从来不知道什么防空。但她们知道已经动了众怒，只好闷着一肚子的疑问等候“天亮”。

列车已经通过了两个小站。都是悄悄地开进站，没叫一声。都只停了不多几分钟。站上只开着一两盏灯，车窗外昏暗中顶着盘子的小贩，慢声叫卖着“丁蹄，蹄筋”。

这以后就到了一个气象森严的大站，这就是嘉兴。

从外扬旗起，就看见引进车站的一串电杆上，路灯莹然放射光明；灯影下每隔十多步，有一个横枪在肩头的士兵。月台上，虽非“照耀如同白昼”，却也开着不少的电灯。几条车道全给占住，只留中间一道有一辆机关车去了又来，啵滋啵滋喘气，一个忙碌的传令兵。列车们，连上海来的也在内，都黑黝黝地依次靠着，等候放行。

机关车第二次去了又来，挨着那曾经发生过“防空问题”的一节车；机关车上的独眼发怒似的直瞧住这一节车，照得车里雪亮。似乎这给了那三四位女客一个暗示。她们觉得这是她们及早找到失物的机会，而且，也许她们做过这样的推理：“既然车外可以有那么多的灯火，为什么车里不能呢？”——于是她们勇敢地再拿出她们的法宝，自备的洋烛来了。

这一次，车里没有人抗议，荧荧的烛光移上移下，摇摇然似乎表示得意。另外有人也擦着火柴抽烟了，烟圈儿在车外射来的光波中轻盈起浮。但在女客们的洋烛尚未尽其使命以前，车窗外又来了命令的声音：

“不许点灯！懂不懂规矩？”

“懂的。可是，一会儿就完……”

“不行，不行！”不止一个声音了，并且用木棒什么的敲着板窗。于是在啾啾不平声中，洋烛光终于熄灭。

紧挨在右侧的那辆机关车突然叫一声，又开走了；客车里重复只能看见人身的轮廓。但是随即有一道强光从后面斜射而来，随即听得有隆隆的声音，一长列的车子缓缓驶过，把车站方面来的灯光全部遮断。偶尔有一二处漏明，一闪即过，不知道那夹在大批铁闷车中间的一二辆客车里有人没有。

“军火车已经让过了，我们这列车也该开了罢？”有人打着呵欠说。

“车头还没有来呢！”另一个回答。

这时，停在最左边一条车道上的一列车也开走了，但跟着就有短短的一列来补缺。

旅客中间有过“非常时期”的旅行经验的，说在某站上，“特别快车”曾经等候至三小时之久，毕竟“等来了炸弹”。

“呵！那么我们已经等候了多少时候呢？”就有人这样问，希望所得的回答是“尚未太久”。

但是没有人能作正确的答案。谁也弄不清列车是几时到站的。忽然听得远远来了“呜”的一声，大家都吓了一跳，以为是“警报”，有过经验的几位就想夺门而走。然而这时列车忽又也像吃惊似的浑身一抖。“炸弹来了”，竟有人来大声疾呼。昏暗的车厢里不再能维持秩序。可是又看见月台和路灯都在移走。原来刚才车身那一震是列车接上了“车头”，现在车已开走。

苏嘉路，贯通了沪杭、京沪两线的苏嘉路在负荷“非常时期”的使命。列车柯柯柯地前进。车头上那盏大灯不放光明，只在司机室的旁边开亮了一盏小灯，远望如一颗大星。原野昏黑而无际，但伴着列车一路的，却有一条银灰色的带子，这便是运河。而这善良的运河不幸成了敌机寻觅苏嘉路最好的标志。

夜已过半，人们在颠簸中打瞌睡。有时恍惚觉得列车渐渐慢下来，终于停止，于是又恍惚听到隆隆声自远而近，猛然惊醒了，侧着耳朵，知道是候让来车，俄而一长列飞也似的擦过。

车又开了，人们又沉沉睡去；即使并未入睡的人们也是昏昏地什么思想感觉都没有。

窗外是一片昏黑，原野也在沉睡。一片昏黑中，只有偶然游泳的二三极细的火星；这也许是流萤，但也许是车头烟囱里喷出来的火星。

突然列车慢下来了，在半路里停止。

谁也不知道车已停止。待到发现了车已停止时，瞌睡的旅客们都振作精神来研究这原因。侧耳听，什么异样的响声都没有。有人探身窗外张望，昏黑一片其中什么都没有。但是前面远处却有一两点光，打暗号似的忽暗忽明。

有人说这是某某车站。

那么列车为什么不进站去？又是让兵车么？

没有人给你回答，也无处去问。

带洋烛的三四位忽然又要活动。一根火柴擦亮了。

“不许点火，谁！谁？”

意外地，车窗外立即来了这样严厉的呵斥声。皮靴橐橐的声音很快地跑到那几位女客所在的窗前。人们才知道车外守的有路警或宪兵。

“小便急了，怎么办呢？”窗口的女客的声音。

“小便也不许！小便要紧，性命要紧？”

窗外来的断然的命令。

旅客们议论起来了。悲观者举出许多理由证明这半路停车一定是有警报，乐观者却也举出许多理由证明这是等让兵车。

议论没有结果，车却开动了。这回却一上来就是快车，没叫一声就通过了那车站。站上没点灯，只有站长俨然挺立在月台上，右臂横伸，手里有一盏绿灯；离他不远，平行线的，又有一个荷枪肃立的路警。

这以后，鱼肚白渐渐泛出在天空。

市场

此所谓“市场”，不是售卖鱼肉蔬菜的“菜场”，也不是专供推销洋货的什么“商场”；这是大圈子（城市）里的一个小圈子，形形色色，有具体而微之妙。

不知道是否也有规律，在西北大小的都市中，“市场”几乎成为必需品，市政当局的建筑计划中，必有开辟“几个市场”的“几年计划”。房子造好，铺户或摊户标租齐全，于是“市场”开幕了；人生所需的一切，在这里是大体都有——自然只是“平民生活”所需而已。当这样一个“市场”成为一个“社会单位”出现于热闹市街旁边的时候，它的性质委实耐人寻味：从商业的眼光看来，这古怪的东西颇像“集体的”平民化的百货公司，但是不那么简单，这里的铺户或摊户照例是“漫天讨价”的，而且照例玄虚百出，一把水壶当场试过很好，拿到家里仍然漏水，一顶皮帽子戴了两天，皮毛会片片飞去——诸如此类的欺诈行为，在这里是视为当然的。从这上头看，它又是一个“合法的”“旧式商业恶习的保存所”，它依“市政计划”而产生，但是它在逐渐现代化的“大圈子”里面（而“现代化”正是市政计划的主眼呢），却以保存“旧习”而出现，成为一个特殊的“小圈子”。

然而倘从生活动态这方面去看，那么，这“小圈子”实在又是那

"大圈子"的缩影，谁要明白那"大圈子"的真面目，逛一下这"小圈子"就可得十之七八。

我所见此类中最"完备"——简直可起"模范作用"的一个，便在鼎鼎大名、西北第一"现代化"都市的S市[①]。

这"市场"的大门就像一个城门。挨近门边是一个测字摊，破板桌前一幅肮脏的白布，写着两句道："唤醒潦倒名士，指点迷路英雄。"狭长脸，两撮鼠须，戴一顶猫皮四合帽的"赛神仙"，就坐在他那冷板凳上，眯细了一对昏沉的眼睛，端详着进出的人。他简直有"检查站"官吏那股气派。测字摊的旁边，一溜儿排着几副熟食担子，那是些膻羊肉，瘟猪脏腑，锅块——但花卷儿却是雪白；它们是不远的更多的面摊和饭店的"前卫"。一种浓郁的怪味儿，大盘熟肉上面放着些鲜红的辣椒，汤勺敲着锅边的声音。一个赤膊汉子左手捧一块白面，右手持刀飞快地削，匀称的"削面"条儿雪片也似，纷纷下落，忽然那汉子将刀抛向空中，反手接住，嘴里一声吆喝，便拿起爪篱往汤锅中一搅！

另外一个部门，那就文静得多了。两面都是洋杂货的铺户，花布、牙刷、牙粉、肥皂、胭脂、雪花膏、鞋帽、手电筒……伙计们拿着鸡毛帚无聊地拍一下。有一块画得花花绿绿的招牌写着两行美术字：新法照相，西式镶牙。夹在两面对峙的店铺之中，就是书摊；一折八扣的武侠神怪小说和《曾文正公家书日记》,《曾左兵法》之类并排放着，也有《牙牌神数》,《新达生气》，甚至也有《麻将谱》。但"嫖经"的确没有，未便捏造。

然而这是因为"理论"究不如"实践"，在这"市场"的一角已有了"实践"之区。那是一排十多个"单位"，门前都有白布门帘，但并不垂下，门内是短短一条甬道，有五六个房，也有门帘，这才是垂下的，有些姑娘们正在甬道上梳妆。

---

① S市即在一九四〇年被称为"西京"的西安市。——作者原注

秦腔戏院的前面有一片空地，卖草药的地摊占了一角，余下一角则两位赤膊的好汉正在使枪弄棒，叫卖着“狗皮膏药”。最妙者，土墙上挂着一张石印的“委员长玉照”，下面倚着一张弓。卖艺（或是卖药）的那汉子拿起弓来作势要扳，但依然放下，却托着一叠膏药走到观众面前来了。原来那膏药上还印了字：“提倡国术，保种强民。”

最后值得一说的，是戏院旁边一家贴着“出租新旧小说”纸条的旧书铺。那倒确是兼收并蓄，琳琅满目，所有书籍居然也分了类，从《三民主义》到零星不全的小学教科书，也有《诉讼须知》。小说是新旧都有，抗战小说却被归入“党义”一类。

这一个“小圈子”真不愧为“市场”；因为它比其他同类特出的，还居然有“人肉市场”，而且这一个“小圈子”也十足是那“大圈子”的缩影，因为在“人肉市场”左近，还可以嗅到阿芙蓉香，这也是独立的“单位”，并且附属于妓寮。

出来时猛回头一看，原来还有一块牌子，斗大四字：“民众市场”。哦！

祖母、陈粟香舅父

我的祖母，是高家桥的大地主的小女儿。高家桥离乌镇有百里之远，居民大多数姓高。祖母的父亲在世时，雇佣许多长工，衣、食、住都求自产自给。长工们或种稻田，或种棉田。每年大规模饲蚕，缫丝都由长工们的妻女们做，但织成绸缎，只好用重金雇专门的技工。长工们还制作家用的木器，纺纱、织布。至于养鸡、鸭，养猪，更不必说了。总之，一切都求自产自给。别人给他计算，他这自产自给的方法，要比向市上去买现成的，所花代价，高出一倍。然而祖母的父亲乐此不疲。太平军攻浙时，祖母的父亲全家逃难，二十多年毫无消息。祖母估量他们在兵火中都死了。

祖母离农村，至今已有数十年，但仍不能忘怀于农村的生活。父亲死后不久，祖母就要养蚕。但家里人谁都没有这个经验，只有祖母从幼年就看惯，并且也自己参加。

于是祖母作为教师，带领两个姑母和一个丫环，开始养蚕。先买了一套养蚕的工具，如匾、箪……之类。从“收蚁”起，到“上山头”，祖母必躬亲其事，亦非她躬亲其事不可。采了茧子两百多斤，可以说是丰收，但卖茧子所得，还不够制备养蚕工具之费用，白赔了人工，自不必说。但这第一年原是试验性质。第二年布种倍之。布种即蚕种所在的一块布，一块布种能“收蚁”多少，有个大约的估计，也只有祖母知道。结果所得也比往年加倍，但仍不够本，因为要买桑叶，自家没有叶。不消说又是白赔了人力。第三年再加倍，结果和第二年相同。要再加大些规模，或者可以够本。但观前街老屋只有靠东的一间（会客室兼饭堂）能作养蚕之用，再扩大规模，已无可能。经过母亲和二婶的婉劝，祖母只好收起了养蚕的念头。

祖母养蚕时，我尚在镇上读书，春蚕时期，我每日放学就参加养蚕，母亲也不禁。我童年时最有兴趣的事，现在回忆起来还宛在目前，就是养蚕。

但祖母对农村生活的怀念仍然很强烈。不久，她又开始养猪。从小猪行里买了断奶的小母猪。我们乡有泔脚水（指剩菜、剩饭、菜根、老菜叶，以及容易变酸的食物、洗锅水的混合物，因其为流质，故俗称泔脚水）。这是家家都有的，一天可积一桶或两三桶。祖母说，这是猪的好饲料。小猪果然喜欢吃。但虽只一头猪，总得有个猪圈，猪圈就在柴房旁边的小空地上。猪圈又得常常保持清洁。祖母亲自率领两个姑母和大丫环清理猪圈。两个姑母和大丫环掩着鼻子用长柄木片拾取猪粪倒在木桶内。但祖母从不掩鼻。她看到小猪吃了一桶泔脚水便睡觉了，十分高兴。她说：“从来是倒掉的泔脚水现在派了用场，岂不痛快。”

到年终时，小猪已成大母猪，该屠宰了。祖母从肉店内请了屠夫，屠夫又带个助手，并带来一个不太长而相当阔的矮木凳。屠夫和助手把猪斜卧在木凳上，助手按住猪的后腿，屠夫左手扳住猪的下巴，右手用七寸长的尖刀在猪喉间一定部位直刺下去，连二寸长的木柄也进去一半，然后抽出刀子，猪血便直泻在早就准备好的大瓦盆内。直到猪血泻完，然后助手松手。据说，屠夫这一刀子下去，必须刺着猪的心脏，这才了事。否则，猪血虽已泻完，助手松手后，猪会直跳起来，横冲直撞，一会儿才死。猪死后，屠夫及其助手就开始刮猪毛、开膛破肚的工作，这都需要大量沸滚的水。特别是刮猪毛，要用沸滚的水装满一只能容死猪的椭圆形大木盆，把死猪泡在那里。这木盆也是屠夫带来的。

整个屠宰工作，从下午四五时起，到黄昏七八时。祖母备了酒、菜请屠夫及其助手吃夜饭。而且得付一定的钱。

人家说，祖母养猪比买现成猪肉还贵些，何况又白赔了人力。但祖母坚持，第二年又买了小猪。然而这是最后一次，因为养蚕，两个姑母和大丫环都赞成，而养猪则她们都反对。

看杀猪是我童年又一最感兴趣的事。

陈粟香舅父早年就吸食鸦片。那时，渭卿老人尚在，粟香只能偷偷地吸食，而且量也极小。渭卿老人晚年是个瘾君子，粟香那时吸食的烟膏就是从渭卿老人处偷来的。渭老逝世后，粟香的烟瘾才一天大似一天。母亲带我兄弟两人到粟香家歇夏时，粟香每日要吸食鸦片一两五六钱。他每日下午四时才起身，先抽一筒鸦片过瘾，然后吃早饭(此在别人则是晚饭)，又吸一筒，这才有精神，应付几位上门求医的至亲好友。晚上八九时，他连吸两筒，那就精神焕发，看书，谈话，都是劲头十足。此后到晚上十二时或次晨一二时，他吸足了鸦片，这才吃了夜饭，上床睡觉，此时已为次晨三时许了。

粟香舅父虽是医生，却爱看小说。我们去歇夏那年，他正看《花月痕》，过足了瘾，便看此书，还同母亲议论韦痴珠之可怜可惜。但母亲不曾看过《花月痕》，只好改谈别的事。粟香劝母亲也读一下《花月痕》，母亲在白天也曾读了两三回，便不喜欢，没有再看下去。

母亲和粟香舅母每夜陪粟香舅父谈天到九时，便各自回房睡觉，此后，只有大丫环丹凤，小丫环阿巧，侍候粟香舅父直到他也去睡觉。那时，既无人谈话，粟香舅父便一边抽烟，一边看小说，看到中意时，会独自哈哈大笑。

粟香舅父的烟榻，摆在大厅楼上正房的前半，后半是卧室。左右两厢房，比正房小，是狭长的，右厢住着粟香前妻所生的两个女儿：三小姐和五小姐。左厢房平时空着，我们在歇夏时就住左厢房。两个厢房各有前后门，前门通正房，后门则通厕所。粟香夫妇的卧室（即正房后半）却没有后门。这卧室大，厕所即在卧室的一角，用木板隔成一个小房。

粟香请了家庭教师（男的）专教他的儿子蕴玉。蕴玉和家庭教师睡在楼下左厢房内。

每日上午，家庭教师督促蕴玉读书、作文；下午，家庭教师访友玩耍去了。那时，我和蕴玉便偷看粟香舅父的小说。

每日上午，母亲也要我和弟弟温习旧课，阅读新书。下午允许我和弟弟自由活动。这年我十三岁，小学毕业，准备考中学，弟弟九岁，所以温习旧课、看新书，都须母亲指导。

我和蕴玉偷看小说，各不相同。他喜欢看《七侠五义》一类的；我那时所看的小说中有《野叟曝言》。这是大约百万言的巨著，我用三个半天时间便看完了。这是跳着看的。不喜欢的部分和看不懂的部分都跳过，此之谓跳着看。

每天晚上八时左右，粟香舅父常要考考蕴玉和我。他点起一枝线香，命我们写一篇短文，长短不拘，但线香燃尽时必须同时交卷。蕴玉和我一面看香，一面写，同时交卷的时多。粟香舅父看了后，对我母亲说："蕴玉还比德鸿大两岁呢，可是文思不开畅。"母亲笑道："两人兴味不同。蕴玉爱玩，如果他肯埋头用功，自然要刮目相看。"粟香舅父点点头。他也知道我们偷看他的小说，便问我看过哪些书。我答：看过《野叟曝言》。粟香舅父吃惊道："你能看这部天下第一奇书？"我说："看不懂的很多。我是挑着看看得懂的。"粟香舅父转而问母亲看过《野叟曝言》没有？母亲答："没有。"这一次，粟香硬要同母亲议论《野叟曝言》了，因为此书谈医学的部分很多。他说："此书讲到医道的，大都似通不通，有一些竟是野狐禅。"

粟香舅父又喜欢作对联。有一次，他对母亲说："北面一箭之远，前年失火，烧掉了十多间市房，其中有我的两间。今年我在这废墟上新造了两间。附近人家就议论纷纷，说是我既来带头，市面必将振兴。谁不知道，‘乌镇北栅头，有天没日头’（按：此是当年形容乌镇北栅尽头小偷、私贩、盐枭极多的两句话），如何有把握振兴市面。上梁的日子，我写了一副对联贴在梁上。上联是：岂冀市将兴，忙里偷闲，免白地荒芜而已。下联是：诚知机难测，暗中摸索，看苍天变换如何？”母亲笑道：“这是实话。对联做得好，白地借对苍天尤其妙。”

每晚八时后，蕴玉和我在线香考试之后，便到三小姐、五小姐的房内玩耍。三小姐、五小姐都比我大。我们去歇夏那年，三小姐大约有十八九岁了，尚未订婚。三小姐是个美人，像从最有名的仕女画上摘下来的，而且不仅貌美，眉毛眼睛都会说话。三小姐自知貌美，还想有才，做个才貌双全的佳人。家里虽有家庭教师，但因是男的，粟香不许她和蕴玉同听这家庭教师的课。三小姐已经识字五六百，这都是她逼着蕴玉教她的。但蕴玉是个没有耐心的人，又喜欢玩，不肯专心教三小姐，还把他从父亲那里听来的话讥诮三小姐：女子无才便是德。

我和蕴玉到三小姐、五小姐房内，无非是谈谈东家长西家短。有一晚，三小姐说：“东家长西家短都说完了，也听厌了。今晚换个新花样罢？”蕴玉说：“我们都来解九连环如何？”（九连环是当时一种高级玩具，非有随机应变的巧心，不能把九个连在一条铜梗上的铜环一起解下。解九连环是闺秀们消磨时间之一法。）三小姐听说解九连环，就摇头。虽然她是此中好手。于是我说：“今晚玩个五官并用罢？”三小姐问：“什么叫五官并用？”我说明后，她欣然愿意试一试。蕴玉却不大愿意，因为我和他玩过，他输了。但此时他不反对。我猜想这是因为他估计失败者不止他一人，三小姐、五小姐都可能失败。五小姐对此新玩意，本不了然，临时说，她不参加。结果，三人玩。三小姐胜了。蕴玉说：“你们是串通的。”三小姐用手指抹自己的脸羞他，他就跑了。三小姐拉我在她床沿坐下，嘴唇凑着我的耳朵，轻声说：“表弟，我有一件事求姑妈（指我的母亲）帮忙，请你告诉姑妈，我马上要见她。”我问是什么事。三小姐想要说了，但又打住，朝五小姐的床看一看，五小姐却已上床，帐门已经放下。三小姐于是说："你知道么——"却又住口，轻声对我说："还是到姑妈房里再说罢。"三小姐拉我便走。我要点个"手照"（这是木制或铜制的径寸大小的圆盘，有座有柄，圆盘中心有寸把长的圆柱，尖端有钉，可以插一枝小蜡烛，圆盘即以承蜡泪），三小姐摇手，附着我的耳朵说："防人看见。"便和我手拉手地出了厢房后门，慢慢地走，黑暗中三小姐碰着什么东西，险些跌跤，却被我扶住了。经过正房后身时，听得粟香舅父哈哈大笑的声音，三小姐又胆怯起来了。幸而我和母亲住的厢房后门开着，房里灯光照见三小姐和我站定的地方，离厢房不过三五步。于是三小姐和我快步进了厢房。坐定后，三小姐还有点心跳气喘。此时弟弟早已睡熟。三小姐这才把有人为她做媒，男家是南浔镇上的富户，但男的比她大二十多岁，又有烟瘾，她不愿意等等，急口说了一遍，然后息一息，顺过气来，从容说："爸爸把这件事告诉我，说是好姻缘，我不敢说个不字，只好请姑妈设法在爸爸面前说一句，爸爸向来是尊重姑妈的。"

我说："那就到明天再说吧。妈妈此时正和舅父谈天，我去叫她过来，舅父是会生疑的。"

三小姐发急道："这件事今夜十二点钟就要决定。媒人昨天来，说今夜十二点钟讨回音。好表弟，你自然有办法悄悄地把姑妈引来，不让爸爸生疑。"

于是我只好悄悄地从厢房前门走进粟香舅父吸鸦片的房间，看见粟香舅父正把一个大烟泡上在烟斗上，捧着烟枪，嘴唇包住烟枪，用力吸。这正是吸一筒鸦片烟的开始，烟灯旁还放着两个大烟泡。我料想这三个烟泡的一筒烟，至少要一刻钟才能吸完，我便拉一下母亲的衣角。母亲会意，站起身来，全神贯注在抽鸦片的舅父竟不觉得。舅母以为母亲也许要小解，也不问。

母亲到了自己房里，看见三小姐，便料到是什么事。三小姐把心事说明，恳求母亲道："姑妈，这是我的终身大事，姑妈，你是疼爱我的。"

母亲笑着说："你父亲的脾气，你也知道，可不能说有把握，见风使帆罢。”

三小姐说：“有把握的，我便在这里等候好消息。”

母亲和我来到烟榻旁时，粟香舅父刚刚抽完一筒烟，放下烟枪，大丫环丹凤正在刮烟斗里的烟灰，小丫头阿巧捧上一杯红茶，粟香舅父把红茶一饮而尽，满足地噫口气。母亲趁此机会说道：“俞家这亲事，你打算怎么办？”

粟香舅父答道：“允许他。”

母亲说：“男的大了二十多岁，又吸鸦片……”

粟香舅父不等母亲说完，便笑道：“三小姐她好比一只娇鸟，要个好鸟笼为藏娇的金屋。俞家是财主，正是个好鸟笼。我担保三小姐过去之后，一定此间乐，不思蜀了。”母亲还想再争，但是舅母拉着母亲的手，暗示不必再争，却又笑道：“我们还为蕴玉定了亲。”母亲问是镇上何家。舅母答道：“是长河浜有名的外科医生沈春林的女儿。”母亲又问：“其貌如何？”

粟香舅父答道：“我是派人去看过，比三小姐差些，比五小姐却强了十倍。年龄比蕴玉大两岁。”（按：当时乌镇有钱人娶媳，总喜欢媳妇比儿子大两三岁。意在大两三岁的媳妇必然懂事些，能帮忙婆婆管理家务，又能管束丈夫，不使过分贪欢。）

粟香舅父又说：“陈家的女儿嫁给沈家，现在沈家的女儿又嫁到陈家。沈陈两家真有不解之缘。沈府跟沈春林是不是同宗？”

母亲笑道：“是五百年前的同宗，也说不定。”

母亲想着三小姐尚在等回音，便起身说：“中午没有睡觉，有点倦，我要去睡了。”

母亲回房后，三小姐急问：“到底怎样了？去了这半天。”

母亲叹气说：“不成。我原说你的爸爸打定了主意，是扳不回来的。”

三小姐失望，垂头不语。母亲安慰她几句，命我送她回房。这回，点了“手照”，三小姐不怕人看见了。

事后证明，知女莫若父；三小姐果然安于那个藏娇的金笼，而且十分满意。

一年后，蕴玉结婚，母亲带我和弟弟去吃喜酒，这位表嫂果然美丽。母亲对我说："新娘子谈吐文雅。"

但是这位表兄是不知足的。当严父在堂，他还不敢放肆。后来粟香舅父因戒烟不得其法，突然逝世，这位表兄便觉得现在没有人敢对他说个"不"字了。他向外祖母索如意做小。如意是从小就在外祖母身边的，现在有二十岁了，依然眉目如画，聪明伶俐，而且志气高昂。现在蕴玉要她做小老婆，她怎么肯呢。而外祖母也不愿意，外祖母派如意把母亲接回。外祖母告诉母亲："一个月前，蕴玉来过两三次，说是孝敬我，捉空儿却挑逗如意。如意从没正眼看他一眼。想不到这个不识相的人居然要如意做小老婆。"

母亲问如意："你打算怎样？"

如意答道："宁愿做乡下人，决不做有钱人家的小老婆。求大小姐做主。大小姐要是不管，我去做尼姑。"

母亲点头道："你有志气，我就有办法。"

母亲派人把表嫂找来，把如意不愿做小说过，然后问道："你怎么不拦阻？"

表嫂叫屈道："我还不知道这件事呢！他瞒着我做的。"

母亲说："现在你回去，该狠狠责备蕴玉，他有钱，买个比如意再好的女人做小老婆，也不难。你说是我做主，正在给如意挑个年貌相当、忠厚能干的乡下人。我等办完了这件事才回家。"

表嫂回去后，蕴玉不敢再来噜嗦了。但他不肯花钱，就把现在也长大了的侍候粟香舅父烟榻的阿巧作为小老婆。

秋风起了，如意已经出嫁，丈夫是近乡的一个中农。母亲找到一个老练伶俐的中年女仆代替如意陪伴外祖母，这才回家，料理我考大学的事。

我的婚姻

大约我进商务印书馆的第一年阳历十二月底，我回家过春节，母亲郑重地问我："你有女朋友么？"我答没有。母亲然后说："女家又来催了，我打算明年春节前后给你办喜事。"以前母亲曾把为什么我在五岁时就与孔家定了亲的原因告诉过我。

原来沈家和孔家是世交。我的祖父和我妻的祖父孔繁林本就认识。孔家几代在乌镇开蜡烛坊和纸马店（这是专售香烛、锡箔、黄表等迷信用品的店），到孔繁林时，孔家正修了一座小巧精致的花园——孔家花园（但孔繁林的儿子，即我妻的父亲却是个败家子，这在后面还要讲到）。我的祖父常到钱隆盛南货店买东西，和店主隔着柜台闲谈。钱家是我的四叔祖的亲戚；四叔祖的续弦是钱店主（好像名为春江）的妹子，只生了一个儿子（就是凯崧），不久就因病逝世。我们大家庭未分家以前，我的母亲和这钱氏婶娘很要好，彼时我只四岁，凯崧（我该叫他叔叔）五岁。钱隆盛南货店是镇上唯一的货色齐全的南货店，卖香蕈、木耳、虾米、海参、燕窝、鱼翅，以及各种干果、花生米、瓜子等等。此店在东栅，离我家（观前街）不远。孔繁林也常到钱隆盛买东西，碰巧我的祖父也在那里时，两人就交谈多时。当我五岁的时候，初夏的一天，祖父抱了我出去，又到钱隆盛，隔着柜台正和钱春江闲谈，孔繁林也抱了他的孙女来了。祖父和孔繁林谈话之时，钱春江看着一对小儿女，说长说短，忽然说：你们两家定了亲罢，本是世交，亦且门当户对。祖父和孔繁林都笑了，两人都同意。祖父回家将此事对父亲说了，父亲也同意；但当父亲把此事对母亲说时，母亲却不同意。母亲说：两边都小，长大时是好是歹，谁能预料。父亲却以为正因女方年纪小，定了亲，我们可以做主，要女方不缠足、要读书。父亲又说，他自己在和陈家定亲以前，媒人曾持孔繁林的女儿的庚帖来说亲，不料请镇上有名的星相家排八字，竟说女的克夫，因此不成。那时，父亲已中了秀才，对方也十六七岁了。不料那女儿听说自己命中克夫，觉得永远嫁不出去了，心头悒结，不久成病，终于逝世。父亲为此，觉得欠了一笔债似的，所以不愿拒绝这次的婚姻。母亲说，如果这次排八字又是相克，那怎么办？父亲说，此事由我做主，排八字不对头，也要定亲。母亲不再争了。祖父请钱春江为媒，把亲事定下。女家送来庚帖，祖父仍请那个有名的星相家排八字，竟是大吉。后来（我结婚后）才知道孔家因上次的经验教训，把各房的女儿的八字都改过了。当时孔家也是个大家庭，共有六房之多。

既已定亲，父亲就请媒人告知孔家，不要缠足，要教女孩识字。不料孔家（即我的岳父、岳母）很守旧，不听我们的话，已经缠足半年的女孩儿还是继续缠。幸而寄居在他家帮助料理家务的大姨（即我的岳母的姊姊，已寡，岳母多病，全靠着这姊姊照料家务）看见小女孩缠足后哭哭啼啼，就背着我的岳母，给她解掉缠足的布条，这都在晚间；但第二天我的岳母看见布条都解掉，还以为是女儿自己解的，又给缠上。如此几次，大姨只好承认是自己给解开布条的，又说：男家早就说过不要缠足，为什么我们还要缠。姊妹二人吵了一阵，我的岳母赌气说不管了，却又说，不要缠足是男家长辈的意思，女婿五六岁，谁知道将来长大时要不要不缠足的老婆。但从此竟不管女儿缠足的事。不过，虽然从此不缠，但究已缠过半年，脚背骨虽未折断，却已微弯，与天足有别。以上这些事，都是结婚以后，新娘子自己说，我和母亲才知道的。

至于读书识字，我的岳母（也姓沈）是识字的（不及母亲那样认真念过多年书），但她因为识字，熟知“女子无才便是德”的成语，不肯教，而且多病，也没心情教。那时镇上并无女子小学。直到父亲卧病在床，镇上方有个私立敦本女塾，是富绅徐冠南办的，校址即在徐家祠堂，在南栅市区以外。父亲知道后，又请媒人告诉孔家，女孩子八九岁了，该上学，可以进敦本女塾，并且还对女家说，将来妆奁可以随便些，此时一定得花点钱让女孩上学。女家仍然不理。父亲死后，母亲也托媒人去说，自然更加不被重视了。

这次，母亲把过去的事又说了一遍，接着说：“从前我料想你出了学校后，不过当个小学教员，至多中学教员，一个不识字的老婆也还相配；现在你进商务印书馆编译所不过半年，就受重视，今后大概一帆风顺，还要做许多事，这样，一个不识字的老婆就不相称了。所以要问你，你如果一定不要，我只好托媒人去退亲，不过对方未必允许，说不定要打官司，那我就为难了。”

我那时全神贯注在我的“事业”上，老婆识字问题，觉得无所谓，而且，嫁过来以后，孔家就不能再管她了，母亲可以自己教她识字读书，也可以进学校。我把我的想法对母亲说了，母亲于是决定第二年春节办我的喜事。

此时我们早已（我在北大预科的最后一年）搬出观前街的老屋，租住四叔祖的余屋，此屋在北巷。邻居有王会悟家。四叔祖此时第三次续弦，是新市镇大商人黄家的老处女，他的儿子（凯叔）在南昌中国银行，未娶亲。人少屋多，极为清静。母亲租住四叔祖的余屋，本为办我的喜事打算。因为四叔祖当初分得的三开间两进房子，本不是厅房，但四叔祖略加修改，居然像个厅房。而且四叔祖此时闲居在家，办喜事时可以照料。

婚事按预定计划，于一九一八年春节后进行。新婚之夕，闹新房的都是三家女客。一家是我的表嫂（即陈蕴玉之妻）带着她的五六岁的女儿智英。一家是二婶的侄儿谭谷生的妻。又一家是新市镇黄家的表嫂，她是我的二姑母的儿媳。二姑母三十多岁出嫁，男家是新市镇黄家，开设纸行，与四叔祖现在的续弦黄夫人是同族。这三家女客中，陈家表嫂最美丽，当时闹新房的三家女客和新娘子说说笑笑，新娘子并不拘束。黄家表嫂问智英，这房中谁最美丽，智英指新娘子，说她最美。新娘子笑道："智英聪明，她见我穿红挂绿，就说我美丽，其实是她的妈妈最美。"大家都笑了。此时我母亲进新房去，看见新娘子不拘束，很高兴。母亲下楼来对我说：孔家长辈守旧，这个新娘子人倒灵活，教她识字读书，大概她会高兴受教的。

第二天，母亲考问新娘子，才知道她只认得孔字，还有一到十的数目字；而且她知道我曾在北京读书，因问北京离乌镇远呢，还是上海离乌镇远。母亲真料不到孔家如此闭塞，连北京都不知道。但到底是新娘子，母亲不便同她多说，只对她说起从前多次要她读书，却原来她的父母都没有理睬。

三朝回门（新婚后第三日，夫婿伴同新娘回娘家，我乡谓之回门，通常，岳家只以茶点招待女婿，旋即双双同回夫家），照例是我正式会见岳父家里的近亲，但只有岳父打个照面，还有两个小舅子都不曾见。我同新娘子上楼去见岳母，坐下刚谈了两句话，忽见一个七八岁的男孩跑上楼来，后面是一个十三四岁的少年追着，那男孩直扑到岳母身边，只说了"哥哥"两字，那少年已经赶到，就在岳母身边，揪住那男孩打起来。岳母有气无力地说："怎么又打架了？"但那少年还在打那男孩。岳母叹气，无可奈何。新娘子却忍不住了，猛喝道："阿六，你又欺侮弟弟，也不看看有客人——这是你姐夫！"少年朝我看了一眼，就下楼去了。我这才知道这两个是我的小舅子，大的叫令俊，小的叫令杰，小名阿福。我想：令俊不怕母亲，却怕姊姊，看来这姊姊会管教。我又想，她们母女之间一定有私房话，我还是下楼去用茶点罢。我向岳母告辞，就下楼去，却不见岳父，也不见令俊，只有大姨陪我用茶点。听见楼上窗口有人切切笑。大姨就朝楼上窗口唤道："阿二，也来见见姐夫。”下来了，却是一个十七八岁的少女；我心里想，这是谁呢？没听说新娘子还有个妹子。大姨却对我说：“这是我的女儿。”那位姑娘倒大方，叫我“姐夫”，也坐下来吃茶点。一会儿，那姑娘上楼去了。我想：回门不过是礼节性的事，何必多坐，就向大姨告辞。大姨向楼上大声叫道：“三小姐，新官人要回去了。”一会儿，新娘子下来了，就此同回家中。母亲却发现新娘子眼泡有些红，似乎哭过，就问她，同谁拌嘴？新娘子不肯说。母亲再三问。新娘子说了。原来她同她母亲吵架了。说是我下楼后，她就哭。岳母问：是女婿待你不好么？她摇头。又问：是婆婆待你不好么？还说我母亲是有名的能干人，待小辈极严，动辄呵责。她说：婆婆待我跟自己的女儿一样。岳母又问她到底为什么要哭。她说，她恨自己的父母——“沈家早就多次要我读书，你们为什么不让我读书？女婿和婆婆都是读过许多书的，我在沈家像个乡下人，你们耽误了我一生一世了。”说着，新娘子又掉下眼泪来。母亲笑道：“这么一点事，也值得哭。你知道《三字经》上说‘苏老泉，二十七’么？这个苏老泉，二十七岁以前已经有名，但是二十七岁以后，他才认真研究学问，要自成一派，后来果然自成一派。何况你只要识字读书，能写信，能看书，看报，那还不容易？只要肯下工夫，不怕年龄大了学不成。我虽然没有读过多少书，教你还不费力。”新娘子又破涕为笑了。母亲又问：“你有小名么？不能老叫你新娘子。”新娘子摇头，说，父母叫她阿三。母亲对我说：“你给她取个名罢。”我答道：“据说天下姓孔的，都出自孔子一脉，他们家谱上有规定，例如繁字下边是祥字，祥字下边是令字；我的岳父名祥生，两个小舅子名令俊、令杰，新娘子该取令姊、令婉，都可以。”

母亲听后想了想说：“刚才新娘子不是说我待她跟女儿一样么？我正少个女儿，我就把她作为女儿，你照沈家办法给取个名罢。”我说：“按沈家，我这一辈，都是德字，下边一字定要水旁，那就取名为德沚罢。可是，照孔家排行，令字下边是德字，当今衍圣公就名德成。新娘子如果取名德沚，那就比她的弟兄小了一辈。”母亲道：“我们不管他们孔门这一套，就叫她德沚罢。”

这个新娘子就名德沚，母亲一直叫她德沚。此后，我就教德沚识字，我回上海后，母亲教她。

日月匆匆，不觉已过半月，我要回上海了。当时习惯，新婚后一个月不空房，空房则不吉，但母亲和我都不信这一套。临走前，我到孔家辞行，仍没看见岳父，只见岳母，她卧在床上，说是，阿三出嫁，她辛苦了，所以又病了，而且不以为然地说：“该过满月才走，你们新派太新了。”在楼下用茶点招待我的，仍是大姨，她听说我给三小姐取了名，也要我给她的女儿阿二取个名。我给她取名黄芬。我回到家里，对德沚说，岳父又没见到，岳母病了。德沚说，她的母亲一年有十个月卧病，家务全仗大姨；又说她父亲是做生意人，同我见了，觉得无话可说，不如不见。此时我的岳父开设小小的纸马店，已有多年，据说也还赚钱，但岳父结交一些酒肉朋友，挥霍无度，已欠了债。他这番嫁女，起了个会，共十人（连他自己在内），每人一百元，他做头会，实收九百元，可是以后每年他付相当重的利息，直到第九年完毕。这样，他的债台越筑越高。母亲说何必借债嫁女，她自己花了一千元为我结婚，是早已存储的。德沚说，她的父亲极要面子，而且喜欢热闹排场，将来如何还债，他是只有到时再借新债还旧欠之一法。

我回上海不到两个月，母亲来信说，德沚到石门湾（镇名，简称石门或石湾，离乌镇二十来里，当时属崇德县，来往坐船）进小学去了。

原来事情是这样的：母亲教德沚识字，也教她写字，仍用描红。此时家中只有母亲和德沚二人，又雇了个女仆，家务事很少，只镇上亲戚故旧红白喜事以及逢节送礼等事，要母亲操心。母亲每天教德沚识字写字两小时，上下午各一。德沚本应专心学习，但不知为什么，她心神不定。母亲也觉察到了，问她为什么，她说，不知为什么不能专心，对着书，总是眼看着书，心里却想别的。但尽管如此，倒也认识了五六百字，能默写，也能解释。有一天，二婶来了，知道这情况，便说，一个人，况且又大了，读书识字，难免心神不定。如果进学校，有同学，大家学，就不同了。又说，她娘家的亲戚姓丰，办一个小学，她去试问一下，也许肯收这样大的学生。二婶姓谭，名片生，也识字，不过比母亲差远了，她是石门湾的人。开办小学的是丰家的大小姐，三十多岁了，尚未出嫁，这小学名为振华女校，校址即在丰家（按：这位大小姐就是丰子恺的长姊）。二婶为此特地到石门湾去一次，果然一说就成。于是，母亲就派了一个女佣人划船送德沚去石门湾，插二年级。德沚从此在振华女校，她的同班生都比她小，多数只有十一二岁，所以她和她们合不来，倒是和几个老师交了朋友。同学中只有两个十六七岁的大姑娘和她要好，这就是张梧（琴秋）和谭琴仙（勤先）。张琴秋后来与泽民结婚，谭琴仙是一九二七年在武昌的中央军事政治学校女生队的成员。这是后话，现在不多说了。

那年暑假，德沚回家，我也回去，知道她在振华女校读书，果然专心，大有进步，能看浅近文言（那时，振华女校教的仍是文言），能写勉强可以达意的短信。母亲说她聪明，连读三年，那时，就可以自修，再求深造了。但是，事情常常出人意外，德沚在振华女校读了一年半，她的母亲病了，非要她去伺候汤药不可。母亲没法推辞，只好照办。三个月后，母亲写信给我，说我的岳母死了，我应奔丧。我为此又到乌镇。丧事既毕，德沚却不肯再回振华女校了，说是荒废了四个月，跟不上课，不去了。她在振华女校时的好朋友，女教员褚明秀（褚辅成的侄女，褚辅成是民国元年的国会议员，嘉兴人），也来信劝她再去，也无效。褚明秀年纪和德沚差不多，未嫁，但她喜欢看上海出的新书刊，知道我那时的文字活动，因此同德沚特别好。褚明秀见德沚不肯去，亲自到乌镇来劝。母亲招待她住下，就住在母亲房内。褚明秀住了五六天，这几天内，她常和德沚密谈。后来她要走了，对母亲说，她也不回振华教书了。母亲不便问她为什么不去振华教书。她走后问德沚，才知道褚明秀对于校长的作风不满意，而德沚之所以不愿回去，也是为此；什么赶不上课，只是托辞而已。后来我们迁居上海，褚明秀又来我家，那时她已嫁人，夫妇二人都在嘉兴的秀水中学

（教会办的）教书。此是后话，趁此一提。

现在再说德沚在家，此次倒安心自修，还订了自修计划，上午请母亲教文言文一篇，下午她作文，请母亲改。我和母亲觉得这也好，不一定进学校，而且母亲一人在家，总有点寂寞，有德沚陪伴，自然更好。

此时已将开春，我回上海。这一次，我在乌镇住了将近三个星期。

谁料又有意外。我回上海不久，母亲来信说德沚又要出去读书，这回是受了王会悟的影响。王会悟原是邻居，她是我的表姑母，年龄却比我小。我不知道她什么时候到湖州的湖郡女塾去读书了，据母亲来信说，好像刚去了半年。王会悟劝德沚也到湖郡女塾读书，把这个学校说得很好。德沚因此也想去。

母亲不知道湖郡女塾是怎样一个学校，但我在湖州念过书，知道这是一个教会办的学校，以学英文为主，和上海的中西女校是姊妹校，毕业后校方可以保送留学美国，当然是自费，校章说成绩特别好的，校方可以担负留美费用，这不过是门面话，以广招徕而已。大概王会悟当时也因这句门面话，所以进了湖郡女塾。而且在湖郡女塾读书的，都是有钱人家的女儿，学费贵，膳宿费也贵。我们负担就觉得吃力，王家当更甚。我写了详细的信，把这些情形告诉母亲，请母亲阻止德沚到湖郡女塾。

母亲回信说，德沚人虽聪明，但年轻心活，又固执，打定主意要做什么事，不听人劝。母亲说她自己不便拿出婆婆的架子来压她，不如让她去试一下，让她自己知难而退。这样，我也不再阻止。

又到了各学校快放暑假的时候，我得母亲的信，说德沚不等放暑假就回来了。我料想这是知难而退了。我也回家看看。到家后我和母亲都不问她为何早归，在学校如何？她却自己诉苦：进学校后只读英文，她连字母都不认识，如何上课呢？有附属小学，是从字母教起的，但校方说她年纪大了，不能进附小，硬排在正科一年级。同学们都已读过四五年英文的，而且洋气极重，彼此说话都用英语，德沚此时成了十足的乡下人了；同学们都不理她，她只能同王会悟谈谈，可又不同班。德沚自己说，上了当了，再也不去了，白费了半年时间和六七十元的学、膳、宿费。但是我觉得德沚还是有点“收获”，这是她从王会悟那里学了一些新名词。

母亲私下对我说，看来德沚一人在家，总觉得寂寞，不如早搬家到上海罢。

我也这样想，但我回上海，却碰着商务印书馆编译所要我主编并改革《小说月报》。一时极忙，没有时间找房子，直到母亲再三催促，这才由宿舍的“经理”福生找到了鸿兴坊带过街楼的房子。那已是一九二一年春了。

我所见的辛亥革命

辛亥革命那年，我在K府中学读书。校长是革命党，教员中间也有大半是革命党；但这都是直到K府光复以后他们都做了“革命官”，我们学生方才知道。平日上课的时候，他们是一点革命色彩都没有流露过。那时的官府大概也不注意他们。因为那时候革命党的幌子是没有辫子，我们的几位教员虽则在日本留学的时候早把辫子剪掉，然而他们都装了假辫子上课堂，有几位则竟把头发留得尺把长，连假辫子都用不到了。

有一位体操教员是台州人，在教员中间有“憨大”之目。“武汉起义”的消息传来了以后，是这位体操教员最忍俊不住，表示了一点兴奋。他是唯一的不装假辫子的教员。可是他平日倒并不像那几位装假辫子教员似的，热心地劝学生剪发。在辛亥那年春天，已经有好几个学生为的说出了话不好下台，赌气似的把头发剪掉了。当时有两位装假辫子的教员到自修室中看见了，曾经拍掌表示高兴。但后来，那几位剪发的同学，到底又把剪下来的辫子钉在瓜皮帽上，就那么常常戴着那瓜皮帽。辫子和革命的关系，光景我们大家都有点默喻。可是我现在不能不说，我的那几位假辫子同学在那时一定更感到革命的需要。因为光着头钻在被窝里睡了一夜何等舒服，第二天起来却不得不戴上那顶拖尾巴的瓜皮帽，还得时时提防顽皮的同学冷不防在背后揪一把，这样的情形，请你试想，还忍受得下么，还能不巴望革命赶快来么？

所以武汉起义的消息来了后，K府中学的人总有一大半是关心的。那时上海有几种很肯登载革命消息的报纸。我们都很想看这些报纸。不幸K城的派报处都不敢贩卖。然而装假辫子的教员那里，偶尔有一份隔日的，据说是朋友从上海带来的，宝贝似的不肯轻易拿给学生们瞧，报上有什么消息，他们也不肯多讲。平日他们常喜欢来自修室闲谈，这时候他们有点像要躲人了。

只有那体操教员是例外。他倒常来自修室中闲谈了。可是他所知道的消息也不多。学生们都觉得不满足。

忽然有一天，一个学生到东门外火车站上闲逛，却带了一张禁品的上海报。这比哥伦布发现了新大陆还轰动！许多好事的同学攒住了那位“哥伦布”盘问了半天，才知道那稀罕的上海报是从车上茶房手里转买来的。于是以后每天就有些热心的同学义务地到车站上守候上海车来，钻上车去找茶房。不久又知道车上的茶房并非偷贩违禁的报，不过把客人丢下的报纸拾来赚几个“外快”罢了。于是我们校里的“买报队”就直接向车上的客人买。

于是消息灵通了，天天是胜利。然而还照常上课。体操教员也到车站上去“买报”。有一次，我和两三个同学在车站上碰到了他，我们一同回校；在路上，他操着半乡音官话的“普通话”忽然对我们说：

“现在，你们几位的辫子要剪掉了！”

说着，他就哈哈大笑。

过后不多几天，车站上紧起来了，“买报”那样的事，也不行了。但是我们大家好像都得了无线电似的，知道那一定是“著著胜利”。城里米店首先涨价。校内的庶务员说城里的存米只够一月，而且学校的存米只够一礼拜，有钱也没处去买。

接着，学校就宣布了临时放假。大家回家。

我回到家里，才知道家乡的谣言比 K 城更多。而最使人心汹汹的是大清银行的钞票不通用了。本地的官是一个旗人，现在是没有威风了，有人传说他日夜捧着一箱子大清银行的钞票在衙门上房里哭。

上海光复的消息也当真来了。旗人官儿就此溜走。再过一天，本地的一个富家儿——出名是“傻子”而且是“新派”——跑进小学校里拿一块白布被单当作旗挂在校门口，于是这小镇也算光复了！

这时也就有若干人勇敢地革去了辫子。

我所见的辛亥革命就这么着处处离不了辫子。

梯比利斯的“地下印刷所”

梯比利斯（乔治亚共和国京城）市外，有一座小小的平房，这便是一九〇四——九〇六年斯大林及其同志们所经营的“地下印刷所”。到梯比利斯观光的人们一定要瞻仰这革命的遗迹，“来宾题词册”上写满了各种文字的赞辞。

和附近的一般民房并没有什么差别，这平房前面的院子围着半人高的木栅，进了栅门，左首是一间很小的独立的披屋，内有一口井；正屋在右首，和披屋不相连，并排两间（每间约一方丈之大），前有走廊。正屋下层，那是一半露在地面的地窖，有小梯可达，从前这是作为厨房及堆积杂物的，现在还照当年的形式摆着炉灶和各种厨房用具。

正屋，厨房（一半在地面的地窖），有一口井的披屋，这一切都是四十年前梯比利斯的小市民住宅的标准式样。那么，当年的秘密印刷机就装在这三间屋子里么？如果是这样，那就不能不说沙皇的宪兵和警察全是瞎子和聋子了。秘密印刷机是在这房子的地下。所以这一个“地下印刷所”名副其实是在“地下”。在当年，那两间正屋都是住人的。靠左首的那一间，住着一位名叫腊却兹·蒲肖列兹的女子，她常常坐在窗前做女红，人家在木栅门外就可以望见她。右首的那一间住着屋主罗斯托玛乞维列，一位规规矩矩的市民。这两间正屋里当然一无秘密可藏，更不用说庞大的印刷机了。正屋之下就是作为厨房和杂物堆放处的地窖。那时的小市民住宅都有这样一个地窖，空空洞洞的一间，这里也藏不了什么秘密。地窖是泥地——正规的泥地，连一个老鼠洞也找不出来的。

再看披屋。这里有一口井，如果放下吊桶去，当然可以汲取水上来。这是一口规规矩矩的井。四十年前梯比利斯的小市民住宅差不多家家都有这样一口井。

然而秘密可就在这井内。

如果你用手电筒照着细细看，你会发现井的内壁并不怎样光滑，这边那边，有些极小的窝儿；如果再仔细查看，这些窝儿的位置自上而下，成为不规则形的两行，直到井底。你要是愿意试试，下了井口，用脚尖踩着那些窝儿，就像走梯子似的一步一步可以走到井底。但是一口井的内壁而有这样的梯形窝儿，也并不为奇；掘井的工人就是踏着这些窝儿这样上来下去进行他的工作的。四十年前梯比利斯的水井差不多全有这样的梯形窝儿。可是，正在这样平平常常不足为奇之中，有它的秘密。

你如果踏着那些梯形窝儿下井去，到了十七公尺的深处，就是离开水面不过三公尺的地方，你会发现井旁有一个洞，刚好可容一人蛇行而入。你如果爬进洞去，约四公尺，便可到达另一井；这实在不是井，而是一条垂直的孔道，有木梯可以爬上去，约十公尺便到顶点，此处又有一条横隧道，约长三公尺，一人伛偻可入。隧道尽处为一门，进了门，一架印刷机就跃进你的眼帘。原来这就是“地下印刷所”了。这地下室的大小和它上面的厨房差不多，一架对开的印刷机和四人用的排字架摆在那里，一点也不见拥挤。地下室的四个壁角都有向上开的通气孔，又有小铁炉，在靠近排字架的壁角，这是专为烧毁稿纸和校样用的。铁炉也有烟囱上达地面。地下室和它上边那厨房的地面相隔两公尺厚的泥土。

这就是“地下印刷所”构造的概况。当年进出这地下室只有一条路，就是上面讲过的那口井。工作的人员和印刷物都从井口进出。现在，为了参观者的方便，在正屋旁边另筑一座螺旋形的铁梯，可以直达地下室的后壁，而在此后壁上又新开一门。参观者不必下井爬行，可以舒舒服服从那道螺旋形铁梯走进地下室了。

一九〇三年，斯大林在乔治亚领导革命工作，计划建立这个地下印刷所。先由罗斯托玛乞维列出面购了这块地，并向梯比利斯市政府工务局领得营造住宅的执照。于是他们雇工先开一地穴。(因为一般居民的住宅都有地窖以贮藏粮食等，造房之前先开地穴，不至于引人怀疑)，然而开的太深一点，见了水，只好废止，而在其上再开一地穴，长方形，约宽五步长十步。这时候，作为业主的罗斯托玛乞维列就借口钱不凑手，停止建筑，将工人都辞去。然后同志们把印刷机拆卸，零零碎碎运入地穴，同时又在地穴的一端开凿了三公尺长的横行隧道，和十二公尺长直通地面的垂直的孔道（如上文所述）。等到这一切都完成了，就用厚木板封闭了孔道和地穴的向上开的口子（约三公尺见方），又在木板上加了二公尺厚的泥土。从地面看，一点也看不出这下面还有一个地下室。此后，另招工人在这地穴上面建筑了厨房和两间正屋，又造披屋，开井，深二十公尺见水。井已完成，即辞退工人，再由同志们自己动手，在深十七公尺处开一横孔，便与地下室来的隧道沟通，于是大功告成。

这个“地下印刷所”设计的巧妙之处即在利用那口真正的水井作为进出的唯一的路。因为水井是家家有的，不至于引起人们怀疑。一九〇四年“地下印刷所”开始工作，一切都很顺利。但为了谨慎起见，又在正屋的左首一间设置了瞭望岗；担任这一个职务的，就是长年坐在窗口做女红的腊却兹·蒲肖列兹。她如果看到院子外的街道上来了可疑的人或宪兵警察，就按一下隐藏在窗下的电铃，“地下印刷所”的人们听到这警铃，就把机器停止。这是因为印刷所虽在地下，但机器转动的声音地面上还是可以觉到。腊却兹·蒲肖列兹一直活到八十多岁，于一九四六年五月故世。

一九〇六年，由于斯大林的提议，乔治亚的革命组织内成立了军事组。主持其事者为男女同志各一人。军事组开会地点即在此“地下印刷所”上面的左首那一间正屋内。不料军事组内有叛徒，向沙皇警察告了密。但叛徒实不知此屋之地下尚有印刷所。警察搜查全屋，一无所获。因无所获，警察未封屋亦未捕人。但此屋显然已不复能用。业主罗斯托玛乞维列在门前贴了“召租”的纸条。可是隔了两日，大队宪兵从早到晚搜查了整整一天，仍无所得。但是一个宪兵官长在那口井上看出可疑之处来了。他看见井内壁的窝儿颇为光滑，而且井内壁的上端也颇光洁，他推想必有东西常在此井口进出，故而把内壁及开井时内壁所留的窝儿都磨光了。他用纸放在吊桶内，燃着了纸，把吊桶徐徐放下井去，发现吊桶还没有达到水面的时候，桶内的火光忽向一旁牵引。于是断定了井内必有秘密。召了消防队来下井去查看，始知井内另有隧道通别处。消防队员不敢进隧道，宪兵也不敢进去。但有一事已可断定，即此房及其院子的下面必有地下室。宪兵们根据这一个假定到处探测，结果，在厨房里找到线索，就把那“地下印刷所”发掘出来了。

根据当时的官文书，宪兵们在此“地下印刷所”内除抄获对开印刷机一架外，又获乔治亚、阿尔美尼亚及俄罗斯三种语文的铅字一千余公斤，已印就的小册子及传单八百公斤，白报纸三百二十公斤；此外尚有炸弹，伪造的身份证等等。当时官方呈报上级的报告写了两大厚册，现在尚保存于马恩列斯学院乔治亚分院的史料保管库内。房主罗斯托玛乞维列被捕，充军到西伯利亚。一九一七年革命成功后，罗斯托玛乞维列始得自由。“地下印刷所”被破获后，沙皇的宪警把上面的正屋和披屋都放火烧了。一九三七年，苏联政府恢复了此一革命史迹，把沙皇政府当年从这“地下印刷所”抄去的东西都找回来放在原地方。腊却兹·蒲肖列兹并亲手布置厨房内的用具，使与当年一样。

最后，关于那架对开的印刷机，还要补几句话。这架机器是德国货，本为沙皇的乔治亚市长向德国定购的。但不知为什么，机器到后又搁在仓库内了。革命组织内的工人同志从仓库内把这架机器拆卸陆续偷运出来，装在那地下室，并且使它为革命服务了两年之久。

海南杂忆

我们到了那有名的“天涯海角”。

从前我有一个习惯：每逢游览名胜古迹，总得先找些线装书，读一读前人（当然大多数是文学家）对于这个地方的记载——题咏、游记等等。

后来从实践中我知道这不是一个好办法。

当我阅读前人的题咏或游记之时，确实很受感染，陶陶然有卧游之乐；但是一到现场，不免有点失望（即使不是大失所望），觉得前人的十分华赡的诗词游记骗了我了。例如，在游桂林的七星岩以前，我从《桂林府志》里读到好几篇诗、词以及骈四俪六的游记，可是一进了洞，才知道文人之笔之可畏——能化平凡为神奇。

这次游“天涯海角”，就没有按照老习惯，遑遑然做“思想上的准备”。

然而仍然有过主观上的想象。以为顾名思义，这个地方大概是一条陆地，突入海中，碧涛澎湃，前去无路。

但是错了。完全不是那么一回事。

所谓“天涯海角”就在公路旁边，相去二三十步。当然有海，就在岩石旁边，但未见其“角”。至于“天涯”，我想象得到千数百年前古人以此二字命名的理由，但是今天，人定胜天，这里的公路是环岛公路干线，直通那大，沿途经过的名胜，有盐场、铁矿等等，这哪里是“天涯”？

出乎我的意外，这个“海角”却有那么大块的奇拔的岩石；我们看到两座相偎相倚的高大岩石，浪打风吹，石面已颇光滑；两石之隙，大可容人，细沙铺地；数尺之外，碧浪轻轻拍打岩根。我们当时说笑话：可惜我们都老了，不然，一定要在这个石缝里坐下，谈半天情话。

然而这些怪石头，叫我想起题名为《儋耳山》的苏东坡的一首五言绝句：

突兀隘空虚，他山总不如。
君看道旁石，尽是补天遗！

感慨寄托之深，直到最近五十年前，凡读此诗者，大概要同声浩叹。我翻阅过《道光琼州府志》，在“谪宦”目下，知谪宦始自唐代，凡十人，宋代亦十人；又在“流寓”目下，知道隋一人，唐十二人，宋亦十二人。明朝呢，谪宦及流寓共二十二人。这些人，不都是“补天遗”的“道旁石”么？当然，苏东坡写这首诗时，并没料到在他以后，被贬逐到这个岛上的宋代名臣，就有五个人是因为反对和议、力主抗金而获罪的，其中有大名震宇宙的李纲、赵鼎与胡铨。这些名臣，当宋南渡之际，却无缘“补天”，而被放逐到这“地陷东南”的海岛做“道旁石”。千载以下，真叫人读了苏东坡这首诗同声一叹！

经营海南岛，始于汉朝；我不敢替汉朝吹牛，乱说它曾经如何经营这颗南海的明珠。但是，即使汉朝把这个“大地有泉皆化酒，长林无树不摇钱”的宝岛只作为采珠之场，可是它到底也没有把它作为放逐罪人的地方。大概从唐朝开始，这块地方被皇帝看中了；可是，宋朝更甚于唐朝。宋太宗贬逐卢多逊至崖州的诏书，就有这样两句：“特宽尽室之诛，止用投荒之典。”原来宋朝皇帝把放逐到海南岛视为仅比满门抄斩罪减一等，你看，他们把这个地方当作怎样的“险恶军州”。

只在人民掌握政权以后，海南岛才别是一番新天地。参观兴隆农场的时候，我又一次想起了历史上的这个海岛，又一次想起了苏东坡那首诗。兴隆农场是归国华侨经营的一个大农场。你如果想参观整个农场，坐汽车转一转，也得一天两天。从前这里没有的若干热带作物，如今都从千万里外来这里安家立业了。正像这里的工作人员，他们的祖辈或父辈万里投荒，为人作嫁，现在他们回到祖国的这个南海大岛，却不是“道旁石”而是真正的补天手了！

我们的车子在一边是白浪滔天的大海，一边是万顷平畴的稻田之间的公路上，扬长而过。时令是农历岁底，北中国的农民此时正在准备屠苏酒，在暖屋里计算今年的收成，筹划着明年的夺粮大战罢？不光是北中国，长江两岸的农民此时也是刚结束一个战役，准备着第二个。但是，眼前，这里，海南，我们却看见一望平畴，新秧芊芊，嫩绿迎人。这真是奇观。

还看见公路两旁，长着一丛丛的小草，绵延不断。这些小草矮而丛生，开着绒球似的小白花，枝顶聚生如盖，累累似珍珠，远看去却又像一匹白练。

我忽然想起明朝正统年间王佐所写的一首五古《鸭脚粟》了。我问陪同我们的白光同志：“这些就是鸭脚粟么？”

“不是！”她回答，“这叫飞机草，刚不久，路旁有鸭脚粟。”

真是新鲜，飞机草。寻根究底之后，这才知道飞机草也是到处都有，可做肥料。我问鸭脚粟今作何用，她说：“喂牲畜。可是，还有比它好的饲料。”

我告诉她，明朝一个海南岛的诗人，写过一首诗歌颂这种鸭脚粟，因为那时候，老百姓把它当作粮食。这首诗说：

五谷皆养生，不可一日缺；
谁知五谷外，又有养生物。

茫茫大海南，落日孤凫没；
岂有亿万足，垄亩生倏忽。
初如凫足撑，渐见蛙眼突；
又如散细珠，钗头横屈曲。

你看，描写鸭脚粟的形状，多么生动，难怪我印象很深，而且错认飞机草就是鸭脚粟了。但是诗人写诗不仅为了咏物，请看它下文的沉痛的句子：

三月方告饥，催租如雷动；
小熟三月收，足以供迎送。
八月又告饥，百谷青在垄；
大熟八月登，恃此以不恐。
琼民百万家，菜色半贫病；
每到饥月来，此草司其命。
闾阎饱饼饼，上下足酒浆；
岂独济其暂，亦可赡其常。

照这首诗看来，小大两熟，老百姓都不能自己享用哪怕是其中的一小部分，而经常借以维持生命的，是鸭脚粟。

然而王佐还有一首五古《天南星》：

君有天南星，处处入本草；
夫何生南海，而能济饥饱。
八月风飕飕，闾阎菜色忧；
南星就根发，累累满筐收。

这就是说，“大熟八月登”以后，老百姓所得，尽被搜刮以去，不但靠鸭脚粟过活，也还靠天南星。王佐在这首诗的结尾用了下列这样“含泪微笑”式的两句：

海外此美产，中原知味不？

一九六三年五月十三日

为了纪念鲁迅的六十生辰

第一次见鲁迅先生，是一九二七年十月，那时我由武汉回上海，而鲁迅亦适由广州来。他租的屋，正和我同在一个弄堂。那时我行动不自由，他和老三到我寓中坐了一回，我却没有到他寓里去，因为知道他那边客多。似乎以后就没有再会面，直到一九三〇年春。

这以后，我长住上海，不再走动，所以和他见面的时候也多了。不过我所知道的关于他的私生活，亦不多。现在追忆起来，觉得有些事虽然未经人道及，但是大都牵涉到过去十年间文坛上的“故事”，此刻暂时不提起也好。此外，好像大家都已听说过，我如果再来写，亦殊嫌蛇足。无已，从他治病这方面说一件事吧。

今年是鲁迅先生的六十冥寿，如果我们是在替他做生日，该多么好！他五十岁生日那天，上海文艺界同人曾在一个荷兰餐馆里为他祝寿。记得那天到会的外宾只有二三人。那时谁也不会想到（或感觉到）鲁迅先生活不过六十岁！

不但那时，在一九三五年如果有人说鲁迅不久于人世，那一定会被目为“黑老鸦”。鲁迅自己从未说他身体不好，人家看他也很好；他精神抖擞地战斗着。但在一九三五年十一月，有人“发现”了鲁迅身体实在不好。

记得是“十月革命”节的前一天或后一天，上海苏联领事馆招待少数文化人到领事馆去看电影。中国人去的只有五六个，其中有鲁迅和他的夫人、公子。那晚上看了《夏伯阳》（大概是），鲁迅精神很好，喝了一两杯“伏特加”。史沫特莱喝得很多，几乎有点醉了；但在电影映完，大家在那下临黄浦江的月台上休息时，史沫特莱严肃地对鲁迅说：“我觉得你的身体很不好，你应该好好休养一下，到国外去休养。”

“我自己并不觉得什么不对，”鲁迅笑着说，“你从哪里看出来我非好好休养不行呢？”

“我直觉到。我说不上你有什么病；可是我凭直觉，知道你的身体很不行！”

鲁迅以为她醉了，打算撇开这个话题，然而史沫特莱很坚持，似乎马上要决定：何时开始治病，到何处去……等等，她立刻要得一个确定。她并且再三说：“你到了外国，一样做文章，而且对于国际的影响更大！”

那晚上没有结论。但在回去的汽车中，史沫特莱又请鲁迅考虑她的建议，鲁迅也答应了。过了一天，史沫特莱找我专谈这问题。总结她的意见：她认为鲁迅如不及时出国休养，则能够再活多少年，很成问题，但如果出国休养，则一二十年的寿命有把握！她不能从医理上说鲁迅有什么病，但她凭直觉深信他的体质太不行。她提议到高加索去休养，她要我切切实实和鲁迅谈这问题，劝他同意。

鲁迅后来也同意了——虽然他说起史沫特莱的“直觉”时，总幽默地笑着。并且也谈到，在休养时间他有机会完成《中国文学史》的著作了。但在不再反对之中，鲁迅也表示了如果是当真出国，问题却还多得很，恐怕终于是不出去的好。

到那年年底，史沫特莱说是接洽已妥，具体地来谈怎样走，何时走的时候，鲁迅早已决定还是暂时不出去。有过几次的争论，但鲁迅之意不能回。一九三六年一月，为这问题，争论了好几次，凡知此事者，都劝过鲁迅；可是鲁迅的意见是：自己不觉得一定有致命之病，倘说是衰弱，则一二年的休养也未必有效，因为是年龄关系；再者，即使在国外吃胖了，回来后一定立即要瘦，而且也许比没有出去时更瘦些；而且一出了国便做哑巴（指他自己未谙俄语），也太气闷。

据我猜想，那时文坛上的纠纷，恐怕也是鲁迅不愿出国的一个原因；那时期有人在传播他要出国的消息，鲁迅听了很不高兴，曾经幽默地说：他们料我要走，我偏不走，使他们多些不舒服。

出国问题争论的最后结果是：过了夏天再说。因为即使要出国，也得有准备，而他经手的事倘要结束一下，也不是一二个月可以完成的。

不幸那年二月尾，鲁迅先生就卧病，这病迁延到了秋季，终于不救。

一九四〇年十月

佩服与崇拜

我以为我们不论对于古人或今人，只有佩服没有崇拜；而且佩服的也决不是这“人”，却是这人的“某话”、“某行为”。换一句话，即是佩服的是真理，不是其人（真理本来常存，不过因其人一为发扬，更加显明，人人知道罢了，不是发明，可说是发现）。

我又以为凡是佩服，一定是先了解其人的话；就是听了这句话后，先经过自己理性的审考，觉得这句话实在是我有在心头，而说不出于口头的，实在打中了我的心坎，然后佩服的心会生；否则，这是盲从。何以会不辨辨人家说话的味道就盲从呢？因为对于其人崇拜的缘故。

所以我说：只有佩服，没有崇拜；因为崇拜的心理，易使行为入于盲从。

我又以为中国人崇拜心是一向很重的；几千年来入儒家者流的人，对于孔二先生，没有一句话是错的，这是一层崇拜；像后汉王充这种人敢于诘孟、问孔（《论衡》上两篇名），真是毁圣的了，放在明朝，谁不将他和金圣叹一般骂，然而因为他到底是古人，所以他的书不毁，纪老先生也请他进四部的子部杂家，没有加他一个“驳杂不纯”，放在存目，这不是又是一重崇拜么？

所以我说：中国人是富于崇拜性，大家崇拜孔二先生；后人又崇拜今人；推之于现社会，便是“白胡须老头儿”比较地古些，所以说话也灵些。

但是现在我们应得醒醒了，应得把脑子里崇拜两个字的影子磨了，只可有佩服，而且只佩服真理，不是人——就是我们得多凭理性作用，少凭感情作用。

本来我们大家是向那无尽长的进化的阶段上爬，爬上十个阶段的人，看看后面只爬一二级的，自然觉得爬得高了，后面爬一二级的，看看前面爬十级的，自然也觉得他高，但是和“无尽长”的一比，便都要“索然”了；我以为我们若将崇拜心措牢，便见不到这境界，不但害了自己，也累了那爬到第十级的苦人儿，生生地做成个偶像。

所以我说：我们要晓得自己爬到哪级，就是学问到什么分寸，也要晓得大家都是朝无尽长的阶段爬；我们千万不可自傲，不可看人不起，却也不可崇拜什么人；立在那无尽长阶段的第一级的人，看着立在第十级的，只有佩服罢了，而且佩服的不一定是全体，一句话也好。

照这样说来，那极力鼓扬侵入的暴强的主者道德（master moral）的尼采，也不该不佩服了；因为他提倡主者道德虽然是错的，但他从生物学上证明现社会的道德信条本来不过是利用他的一种人弄成的，不是绝对的真理，那倒是我们推翻旧道德，估定新价值的极妙利器了。所以这一句话，我们可以佩服的（关于主者道德之说，请看尼采的 Beyond Good and Evil 及 Geology of Morals 两书，我在商务印书馆《学生杂志》今年二号上登的尼采的学说〔二〕一篇中，亦有说及）。

总而言之，我们现在，首先欲把脑子里旧字典上的名词除掉几个，崇拜也是其中之一；而且崇拜两字的坏处，人家倒不大明白，还当是好的，犹之乎爱国两字一样，又犹之乎男女交际中的爱情一样！我们爱的是人类全体，有什么国，国是拦阻我们人类相爱的！我们凡是生物，除了作恶为害的外，都互相有爱情，为什么只是男女，有了男女的爱情当作神圣品，岂不是把人类的大爱缩小么？此话甚长，现在姑且缩住不讲。

我上面的许多话本是多说的，却见现在的青年，渐渐要发挥盲从的手段，而且也硬请人做偶像，崇拜了，所以小子要多嘴说几声，但是终究是废话！糟蹋了《学灯》栏好好的纸张，我是要忏悔的呀。

恋爱与贞操的关系

大概中国的贞操观念是世界上最特别的一种贞操观念了。几千年提倡吃人礼教的结果，社会的全部伦理体系都是中了毒的；所谓“道德”，都是吃人精神的结晶，所谓“礼义”，都是欺人自欺的虚文。现在稍稍明白的人，谁也不能否认：中国的贞操主义就是吃人的主义，就是欺人自欺的主义。许多不合理的惨事都是受了贞操主义的毒——强制或诱引——而做出来的。这也是稍稍明白道理的人不能否认的。在中国宣传女子解放的福音，第一步应该打倒贞操观念这魔障，光景是一定的事，用不到怀疑的。

可是我们要明白：我们这里说的不问三七二十一第一步要先打破的，是中国历来相传的贞操观念；不是说男女相与之间可以完全没有一种高尚的、互相尊重、互相信托的精神。（这精神，我们姑且用贞操这个旧名词来代称，也还可以。）究竟男女相与之间是否需要这种精神，这东西对于人类文明的前进有什么样的大关系：确是一个尚待细商的问题，不是一言两语就可以解决的。然而我们至少可以先来断定一句：如有这精神，这也是人类理性的产物，和那旧日的贞操观念不同。旧日的贞操观念是人类占有欲望的产物，也可说是男子特有的永久占有心的产物，因为强要女子守贞的缘故不外男子视妻妾是一己之物，不许别人染指（不但生前，并且死后，也不许），在今日没有保存的可能，也是和二五等于一十一样，明明白白的。

我们竟可以说：不独中国历来相传的贞操观念是男子占有心的产物，便是世界现在有的一切不平等的贞操观念都是男子自私心的产物，都不是理性的产物，所以都应该打破的。不相信我这句话么？我也不用多举证据，只请你去细观察凡是号称文明社会中的人们对于男或女的自由性交抱的是什么态度。无论哪一个号称文明的社会（恐怕越是称为文明的，这态度也越是显明），对于自由性交（其实这“自由”两字也是那些文明人说说罢哩！）的男女，都有极不公平的两样看待；一个男子相与了许多女子，在他们看来，人格上不生问题，但如果一个女子相与了几个男子（或者也竟是男子的利诱威逼使她至此的），可就反了，人格上大生问题了。他们要说这女子不贞，却不说男子不贞；可知无论哪里，贞操这个名词是专为女子造的。虽然现在欧洲各国文明人民有些因为权利义务的观念太发达了，所以把男女间神秘的关系也视为权利义务的一种，夫妻俩都有彼此互尊权利（老实说，这只是根据于极卑下心理的权利观念罢哩！）的义务，但丈夫和别的女子相与，侵犯了妻的权利，其罪还是轻些。就是社会的制裁也还是不算什么的。英国现行的离婚律分明就是这不公平的夫妻间权利义务观念的说明。所以随你怎样讲权利义务，贞操这名词还是只为制裁女子侵犯男子的独有权而设的。中国的贞操观念却更进一步，连男子已死后的独有权还要保留，所以是最特别的。在新的贞操，贞操的新定义，新范围，还没确定出来之前，先要打破这些旧的；因为无论男女间相与到底该不该有贞操，这些旧有的偏畸的贞操观念总是不能适用的（在中国又特是害人的凶器），不打破它，留着做什么？

可是贞操究竟要不要呢？近来颇有些人讨论到这一个问题了。他们的议论大概可分做主张要的，与主张不要的两派。主张要的一派没有什么特别名儿。主张不要的一派就是大家知道的“自由恋爱”主义者。他们——自由恋爱论者——说，恋爱绝对自由，不受任何东西的拘束。从历史看来，夫妇名义，家庭制度，等等一类东西，是拘束恋爱的自由活动的，所以他们主张废弃。他们以为此刻我爱某人，就和伊爱，到两方不生爱情的时候，就可以分开，这才是自由恋爱。他们既然如此主张了，当然没有什么贞操不贞操的问题。

至于主张要贞操的一派，对于这自由恋爱的理论多半是不承认，是不用说的；他们在这一点上虽然似乎主张一致，态度相同，但在别一点上，彼此就有绝大的反对思想。这一点就是关于贞操的本质，贞操是什么东西的争论。因为主张要贞操的人们也都觉得旧有的贞操观念万万要不得，非创一个新的不可。要创一个新的，自然先要弄清楚：什么是贞操？各人的见解也就不能相同起来。拿粗的说，也可说有两小派。一以为贞操是一种信仰；一以为贞操是一种义务。主张义务说者以为贞操也是道德中的一部分，人们一定要履行的义务；为什么定要履行呢？他们也说不出充分的理由，不过根据了“有这个绊索然后男女关系是稳定了合理了”这不健全的理想来的。他们显然是觉得现在人类是脆弱的，不完全的，常常轶出正理之外，受欲望支配的，所以想处处用起人为的绳子来，逼人类上轨道。这见解对不对，这办法是否恰当，我不愿多说，我现在要说的，就是这样硬性而且皮相的办法，有时是要闹乱子的，就是有流弊的。因为我不相信男女相与就只是简单的物质的关系。他们又有替这办法想出路的，便主张一方制定了极自由的离婚法，以便和缓贞操义务观的硬性。这也是不对的。因为既可极端自由离婚，实际上贞操还成义务么？所以觉得义务说的漏洞非常之多。信仰说者以为贞操只可当它一种信仰，听人自由；这一说显然不把贞操算作道德的一部分，因为若算做道德的一部分，是必须强人履行的。但男女间所以要有贞操问题，起源就的确含有定要履行的意思。信仰说者避开这一层来说，已是根本的文不对题，所以究竟也难满人意。

我的意见以为若要决定贞操究竟应有不应有，先须研究恋爱的性质。男女恋爱的关系，究竟仅是肉体的物质的呢，还是灵魂的精神的？我们固然不便跟了那些空想的神秘诗人那样的说法，决定男女的恋爱完全是属于灵的精神的东西，和肉体一毫无涉；但我们却也觉得男女的恋爱，真正的恋爱，至少应有精神的结合。我们固然也否认那主张精神恋爱，以为肉体接触完全是兽性的可丑的，这些不近人情的偏论；但我们却也承认男女间恋爱的关系确是由肉体的而进化到灵魂的。所谓恋爱，一定是灵肉一致的。仅有肉的结合而没有灵的结合，这不是恋爱。但对于那以恋爱必先由精神而及肉体的说头，却也不能赞成。因为这与恋爱进化方式不符！恋爱的进化方式，显然是由肉体的而进于灵魂的，个人的恋爱当然不能作为例外。若说男女交游，先有精神的恋爱，后有肉体的，这是误以普通的友爱看作男女间的恋爱了！因为无论哪个民族，男性在看待女性的时候，总凭一种神秘的感想，他们往往不能自忘是男是女；因为这一层异常心理状态所牵引，极普通的友谊的交情便被视为恋爱了。其实这是错的呵！

既认恋爱是灵肉两方一致的，贞操便不成问题。因为贞操之能表见者，只是肉体的，不是灵魂的。真能有灵肉一致恋爱的人们，不用贞操两个字做束缚，自然能够履行贞操之实。否则，随你怎样的贞操论，还都是掩耳盗铃罢了。况且既认恋爱为灵肉一致的，则灵肉不一致的，当然不能算它是恋爱。既已不成为恋爱，更如何配得上讲贞操？所以贞操与恋爱的关系，一而二，二而一，并不分彼此。有恋爱时，贞操不守自在；无恋爱了，虽有贞操以为制裁，然而这种灵肉导致的恋爱，在我看来，双方都是不贞已极的。主张男女间非有贞操不可的，真是掩耳盗铃，自欺之至呵！

恋爱与贞洁

恋爱是男女间的一种关系的说明。异性间如果发生了性的关系，常常要起所谓道德的问题，在那时，我们所有的一种衡量彼两性关系之究属道德不道德的天平秤，就是恋爱。我或者可以简单说一句，两性结合而以恋爱为基的，那就是合于道德的行为，反之，就是不合于道德的；所以我说：恋爱是男女间的一种关系的说明。

恋爱不是理智的产物，是感情的产物，也可以说是最强烈的感情，亦唯丝毫不带理智作用的恋爱才是真的恋爱。这种真恋爱的表示便是一往直前，不怕天，不怕地，盲目的举动。有真恋爱的人，忘了富贵名位的差别，忘了丑美的差别，忘了人我之分。在恋爱的人，忘富贵名位的差别还容易，忘丑美的差别可就难了；中国有句成语："情人眼里出西施"，这真是一句不朽的金言。忘了丑美的差别还不是绝无，忘了"我"的那就少了。从前有几个浪漫派文学家曾经描写过为恋爱而牺牲自己的男人或女人，但是现社会中可就难找得很。我们固然也常听得有"双双殉情"的事，不过这是对于压迫者的复仇行为，而不是此处所谓因恋爱而忘"我"。恋爱而至忘我，已经是一种信仰了，牺牲者完全为信仰而牺牲，绝没有旁的意思。而且这和失恋者的自杀，又有不同。失恋者的自杀，是意志薄弱者的报复行为，正像犹太文学家宾斯奇在《一个饿人》的短篇小说里所说的饿人对于社会的报复行为。他对于那被己所恋的人，不是失了恩情，完全立于仇人的地位了。因恋爱而至忘我者的牺牲行为，可就不同；托尔斯泰曾在《活尸》里描写出一个这样的典型人物。托尔斯泰是主张无抵抗主义的，所以他描写出来的有纯洁恋爱的人，也都像是无抵抗主义者；其实恋爱而至忘我的地步者，便忘了妒；《活尸》里的主人公所以不妒，并非他已经忘了爱，正因他的爱不能解除。我以为凡恋爱而到了上述的那“三忘”的境地，这恋爱就是所谓精神的恋爱。很有些人以为“精神的恋爱”是指避免性交的恋爱（斯德林褒绮的《结婚集》中描写主张如此而失败的人有两三个），然而因恋爱而生肉体相亲的意思，乃是极自然的事，并非如此便算不得“精神的”，若要勉强行之，终必失败的。恋爱固不以性交之达到算为成熟的证据，但是因恋爱而自然到这地步，就是极合理的事，不能算是可耻，或秽污。

我当然也承认，像上面所说以恋爱作为信仰的，不能强迫人人尽从。而且不应该劝诱人人尽照此办。有人要如此办，那是他个人的自由，有人不要如此办，也是他个人的自由；而且在我们看来，渠们两者的道德程度，实在亦无所轩轾。换句话说，我并不觉得定要能牺牲了“我”，像《活尸》里的主人公那样的，才算是真恋爱。不过忘富贵名位与丑美，却一定是真恋爱必具的条件。

我觉得两性的自由结合若是根据了真恋爱而来的自然的动作，便是合理的。并且我觉得，我们若认恋爱是感情的产物，则自然亦不能指恋爱的减弱而终至于无，为不道德。一个人有过两三回的恋爱事，如果都是由真恋爱自动的，算不得什么一回事。在女子方面，算不得不名誉的，有伤贞洁的。中国对于贞洁的观念，几乎以为是女子的专用品，而且以“只与一个男子接触”为贞洁的解释，实在是因为不重视恋爱的缘故。近年来，恋爱的曙光照到了青年的心里，一般守旧的人又以为这是贞操观念破坏后的恶果，实在也误会得厉害！我以为贞洁与恋爱是相连而生的，相助而成的；晓得真恋爱的人，也就是贞洁的人。恋爱之真伪，与贞洁与否有关；而恋爱的次数，却绝对无关。我觉得国内青年男女有了自由的社交后，恋爱上的纠葛很多，而渠们还都保守着从前传下来的秘密主义，愈守秘密主义，愈近于从前所谓“偷香窃玉”，离真恋爱愈远，这怕不是好的现象罢。至于有过一两次恋爱事实，而正在经第三次经验的，对于前事，每竭力想遮掩，更是常见的事（大概女子方面居多）；我们猜想起来，竭力想遮掩的，精神上该如何的痛苦哪！而这都是由于社会上对于恋爱与贞洁误会了的缘故。

现代女子的苦闷问题

世上万事不能两全，又好又不吃草的马儿是没有的。人是理性的动物，所以遇到万难兼顾的事就会依理性的评判，择取其最合理的一者。

孟子说："鱼，我所欲也。熊掌，亦我所欲也。二者不可得兼，舍鱼而取熊掌者也。"这种选择，是平常人的理性所优为的；因为鱼常有而熊掌罕得。但是孟子又说："生，亦我所欲也。义，亦我所欲也。二者不可得兼，舍生而取义者也。"这却便不是平常人的理性所容易取择了；因为生与义孰善，比较起鱼与熊掌之孰善来，要复杂得多，并且关系亦太大了。必然是彻底了解生之意义与义之意义的人，然后能于二者间取合理的选择。

所以遇到像这一类的选择时，问题是在选择者对于面前的二物的意义是否有彻底的了解。换言之，即对于二者的轻重缓急是非应有彻底的了解。

对于我们目前的问题（即现代女子应该抛弃了为妻为母的责任而专心研究学问改造社会呢？还是不妨把学问和社会事业暂时置为缓图而注重良妻贤母的责任？）而欲得一个解答，自然也非先将二者的轻重缓急有一个彻底的了解不可！

可是这个问题并不简单。有大理由可说为妻为母的责任是神圣的极重要的；但是又有同样的大理由说攻究学问改造社会的责任是神圣的极重要的。正如公说公有理，婆说婆有理，两边都是有理的。我觉得凡事一套进理论的圈子，凭空地数起理来，每每是话语愈说愈多，而解决终于不得。我们自然不能完全看轻理论方面，可是也不可忘却事实。凭你理论上千真万确，而事实上不容许时，却就等于白说。特别是一个等待解决的问题决不能专守着理论而不问事实。结果使这问题陷于不解决的解决。

因此，我们对于本问题的正当态度应该是姑且撇开理论而问事实。换言之，即对于主张女子当尽为妻为母之责的议论，我们可以姑且承认，可是同时要问问事实上能不能？对于主张女子应该加入社会运动的，也取同样的态度。如果事实上现代女子确不能——即有种种外界的阻碍使她们不能实现理想的为妻为母的责任，则我们的理论家的大道理实在只等于废话，而应该让有作有为的女子试试别条出路！

我是觉得并且确信现代的女子是不能安心，或被环境容许，尽理想的为妻为母的责任的。请简单的申述我的意见如下。

我们先要注意：我们讨论的前提是“理想的”为妻为母的责任，而不是平平常常的为妻为母的责任！此所谓理想的为妻为母的责任，即是夏丏尊先生本刊第七期上《闻歌有感》一文中所说的，今引其大意如下：

几年来妇女解放论者只是对于外部的制度下攻击，不从妇女自己的态度上谋改变，所以总是不十分有效。所谓“妇女自己的态度上谋改变”，即是要女性自己觉到自己的地位并不劣于男性，且重要于男性，为妻为母是神圣光荣的事，不是奴隶的役使；你们既忙了，不要再因忙反屈辱了自己，要在这忙里发挥自己，实现自己，显出自己的优越，使国家社会及你们对手的男性，在这忙里认识你们的价值，承认你们的地位。

使国家社会及你们对手的男性，在这忙里认识你们的价值，承认你们的地位；在为妻为母的忙里发挥自己，实现自己。这是丏尊先生的警句，也可以说这是丏尊先生所认为解放妇女的途径！在纯粹理论上，我不反对丏尊先生此论，可是事实上，国家社会及对手的男性即使会从女性为妻为母的“忙”里认识她们的价值，然而未必肯承认她们的地位；正如资本家虽然从劳动者的血汗上认识劳动者的价值，然而何尝肯承认劳动者的地位。

再退一步，我们不管国家社会及男性对于女性“忙”的价值及承认之如何，而再看女性是否能从为妻为母的“忙”里发挥自己，实现自己。我们自然先承认能够发挥女性自己实现女性自己的忙，不是无意识的千古相传的女性的为妻为母的“忙”，而是另一境界的近乎爱伦凯的母性主义的理想之所谓忙了。那么，事实上我们的为妻为母的女性还只是忙着些平凡的“忙”，而不是理想的忙，并且环境上决不容许有作有为的女性实现了若干理想的为妻为母的忙！如果一个有作有为的女性，想在她的为妻为母的职权范围内做一点理想的忙，那么，旧礼教，旧习惯，一切的法律，甚至政治势力，军警武力，都会干涉到她身上了！这也是无足怪的。因为旧礼教，压迫女性的魔鬼以及拥护此魔鬼之一切法律，武力，都只承认旧有的为妻为母的忙，而这旧有的为妻为母之忙，正是女性的锁链；这在旧有的为妻为母的忙里，女性决不能发挥自己，实现自己！

所以真正要使女性能在为妻为母的忙里发挥自己，实现自己，不处奴隶的地位，重要的前提还是改革环境！结论于是就落到女性的一面为要求自身利益而奋斗，一面为改造环境而与同调的男性做政治运动了！

事实的铁掌打破了理想的花园。我们有一句老话：“理想为事实之母。”但是这里我们却看见一条颠扑不破的铁规，“事实不容许时，理想只是一句废话！”所以现代女子苦闷的生路是根据了目前的事实取她们应该做而且不得不做的行动！

“自杀”与“被杀”

今天读了本刊所载郁达夫的《说死以及自杀情死之类》，就想起了我在日本报上所见他们日本人的自杀事件来。那是三年以前罢，我在日本京都看见大阪《每日新闻》上登载了一段惊人的自杀事件。死者是一个有家室有财产的人，不为恋爱失败，也不为投机破产，徒因身体有病，自觉得再不能活泼泼地做一个健康的人了，他就取了自杀这一手段。先杀了妻和一子一女（妻的被杀大概是同意的），这位身患痼疾者就锁了家门，到银行里提取了一部分的存款，漫游了一个月，然后再打电话给他的在东京外务省当差的哥哥，说明了他全家的“惨剧”，于是他自己也就自刎在妻和儿女的尸边。

这是一种变态心理的自杀，然而在变态心理的背后，我们却看见一个健康的心在那里跳跃：这就是对于人生态度的严肃认真，丝毫不肯苟且！既然不能活泼泼地做一个健康的人，既然不能克尽健康的人们应尽的义务了，那就不如自杀了罢！——是这样可感的不肯虚度浮生的意志驱使这位有家室有财产的痼疾者走上了自杀这条路！

我是诅咒自杀的。然而对于这位痼疾者的自杀，我却只有感动了！难道我们能够非议这样严肃的人生态度么？假使他没有那不可医的痼疾，那他一定是非常勇敢的生活斗争的战士罢？假使一个民族有那样严肃的人生态度，这民族一定是不可侮的罢？

有这种严肃认真的人生态度的，也不仅是日本民族；我不过随手举了一个日本人的例。并且我们也不可以误会日本帝国主义的蛮横的武力侵略就和日本人民此种严肃的人生态度有什么因果关系。不是的！那完全是两件事！但是反过来说，没有此种严肃的人生态度的国民，却不免要弄成受人侵略而不敢抵抗，常常呼号国耻而只有五分钟的热度。我们社会内号称中坚分子的一般中等阶级就是最缺乏那样严肃认真的人生态度！所以复兴闸北灾区的资金要用奖券的方法来募集，所以救济东北难民要开游艺会，要用电影明星舞女名妓来号召！所以在冰天雪地中对日本帝国主义抵抗的，只有向来被贱视的穷苦老百姓了！

严肃认真，丝毫不肯苟安的人生态度！不能够堂堂地做一个于社会于人类有用的人，那还不如死了罢！不能够堂堂地过合理的人的生活，那还不如拼了命罢！这应该是我们的旗帜，我们的信条！

因为醉生梦死的人即使他不肯“自杀”，迟早要“被杀”！

欢迎古物

自从日本帝国主义的大炮在四小时内打下了“天下第一雄关”以后，大人先生们就挂念着北平文化城里的古物。现在好了，平津尚未陷落，而古物已经装箱待运：据说共装三千大木箱，须得四列车方能运走：那么，万一不远的将来平津失守，而古物无恙，大人先生们庶可告无罪于列祖列宗。

古物虽有三千箱之多，但到底只有三千箱，四列车也便运了走。比不得平津的地皮是没有法子运走的。至于平津的老百姓——几百万的老百姓，更其犯不着替他们打算，他们自己有腿！

况且就价值而言，也是老百姓可憎而古物可贵。不见洋大人撰述的许多讲到中华古国的书么？他们嘲笑猪一样的中华老百姓，却赞赏世界无比的中华古物呢！如果为了不值钱的老百姓而丢失了值钱的古物，岂不被洋大人所叹，而且要腾笑国际？于此，我们老百姓不能不感谢大人先生们尽瘁国事的苦心！

然而别有心肠的日本帝国主义似乎并不因为北平古物已走而就此放手。他们正在急急忙忙增兵到热河边境。我们用火车运古物，他们用火车运兵！平津的老百姓眼见古物车南下却不见兵车北上，而又听得日军步步逼近，他们那被弃无告的眼泪只好往肚子里吞。

可惜洋鬼子的机械文明尚未臻万能之境。不然，用一架硕大的起重机把中华古国所有的国宝，例如北平的三海大内，曲阜的孔林，南京的孙陵之类，一起都吊上喜马拉雅山的最高峰去，让大人先生们安安稳稳守在那里“长期抵抗”，岂不是旷世之奇勋！

不过目前已经有四列车的古物待运，实在也是了不起的荩谋了，老百姓感激涕零之余，应该高呼三声：古物万岁！

时髦病

所谓“时髦病”是矛盾混乱的社会里常见的一种流行病。“时髦”二字，在这里并不做通常的“趋时”的解释，而有“硬要出语惊人”的意义。

“时髦病”有好几种，这里只说那最普遍的一种。这一种的病象是——

打倒一切：什么都是要不得了，但是谁也不配去执行那“打倒一切”的工作。

骂倒一切：觉得别人都是不彻底，都是错误的；但是他自己跳在云端里，永远不曾脚踏实地走一步，所以他就永远彻底，永远不会错了。

不屑做平凡的事：看见人家做披荆斩棘探路的工作，他是要冷笑的；他说“只要跳过去就行了，谁耐烦这么枝枝节节地干”！可是他自己永远不曾跳给人家看。

他过着小布尔乔亚的生活，但口口声声咒骂别人是小布尔乔亚；他在封建思想和封建势力的包围中，但他以为封建思想早就没落了，封建势力只存半口残喘，因而假使还有人在那里攻击封建思想，在他看来，就是时代的落伍者。

他是独往独来的英雄，他否定客观的现实！

他嘴里从不说“我”，但他的心里常有一个大字——“我”！

他天天嚷着：要光明，要自由！但是他望见了那由黑暗到光明之间的一段半明半暗的路程就害怕了，而且他用美妙的词令来掩饰了他的害怕。他要自由，可是他不肯爬上那到自由的梯子，因为他反对平凡的一步一步地爬，他的理想是“飞”！

他的喜悦是：常常有材料给他骂，他因此是一个最勇敢最彻底的“革命者”。但他的悲哀是：“革命”不了解他！

谈迷信之类

辛亥革命的“前夜”，乡村里读“洋书”的青年人有被人侧目的“奇形怪状”凡三项：一是辫发截短了一半，末梢蓬松，颇像现在有些小姑娘的辫梢，而辫顶又留得极小，只有手掌似的一块，四围便是极长的“刘海”；二是白竹布长衫，很短，衣袖腰身都很窄小，裤脚管散着；三呢，便是走路直腿，“蒲达蒲达”地像“兵操”，而且要是两三个人同走，就肩挨肩的成为一排。

当时这些年青人在乡间就成为“特殊阶级”。而他们确也有许多特殊的行动。最普通的便是结伴到庙里去同和尚道士辩难，坐在菩萨面前的供桌上，或者用粉笔在菩萨脸上抹几下。碰到迎神赛会，他们更是大忙而特忙；他们往往挤在菩萨轿子边说些不尴不尬的话，乘人家一个眼错，就把菩萨头上的帽子摘了下来，藏在菩萨脚边，或者把菩萨的帽子换了个方向，他们则站在一旁拍掌大笑。

当时的青年“洋”学生好像不自觉地在干着“反宗教运动”；他们并没有什么组织，什么计划，他们的行动也很幼稚可笑，然而他们的“朝气”叫人永远不能忘却。他们对于宗教的认识，自然很不够，可是他们的反对“迷信”，却出自一片热忱，一股勇气，所以乡下的迷信老头子也只好摇着头说：“这些天不怕地不怕的小伙子，菩萨也要让他们几分了！”

去年我到乡下去养病，偶然也观光了“青天白日”下的“新政”，看见一座大庙的照墙上赫然写着油漆的标语：“省政府十戒”。其中第一条就是戒迷信！庙前的戏台上原来有一块“以古为鉴”的横额，现在也贴上了四块方纸，大书着“天下为公”，两边的木刻对联自然也改穿新装，一边是“革命尚未成功”，一边当然是“同志仍须努力”了。这种面目一新的派头，在辛亥革命时代是没有的，于是我微笑，我感到“时代”是毕竟不同了！

然而后来我又发现庙里新添的许多善男信女恭献的匾额中有一方写着“信士某某率子某某”者，原来就是二十五年前“菩萨也要让着几分”的“洋”学生。他现在皈依在神座下了！并且他“率子某某”皈依了！并且我也看不见二十五年前蒲达蒲达地直了腿走路的年青人在乡间和菩萨捣乱了！从前那个“洋学堂”只有几十个学生，现在是几百了，可是他们都没有什么“奇形怪状”。他们大都是中产阶级的子弟，也和二十五年前的一样。不过他们和二十五年前的“前辈先生”显然有点不同，就在他们所唱的歌曲上也可以看出来了；从前是“男儿志气高，年纪不妨小”，而现在却是“毛毛雨”了！于是我又微笑，我不很明白这到底也是不是“时代”不同了么？

从前和菩萨捣乱的青年人读《古文观止》，做《秦始皇汉武帝合论》，知道地是圆的球形，知道“中国”实在并不居天下之中，知道富强之道在于船坚炮利——如此而已。他们的头脑实在远不及现在的年青人，然而他们和当时社会及至家庭的“思想冲突”却又远过于现在的年青人。近年来中国是“进步”了，簇新的标语，应时应节的宣传纲领——例如什么纪念日的什么“国货运动周”，“航空救国周”，“拒毒运动周”等等，都轮流贴满了乡村里小茶馆的泥墙。正所谓“力图建设”，和二十五年前的空气相差十万八千里。这在认识不足的年青人看来，当然觉得自己和社会之间没有什么了不起的不调和。而况他们的家庭既不禁止他们进学校，也不禁止他们自由结婚。

并且即使有些不顺眼的事情也都以堂皇的名义来公开实行，即如小小的迎神赛会亦何尝不在迷信之外另找一个冠冕堂皇的名目——振兴市面。

今年大都市里天天嚷着“农村破产”，“救济农村”。于是“振兴农村”的棉麦借款就应运而生。乡村间也要“振兴市面”的，恰好今夏少雨，于是祈雨的迎神赛会也应运而生。一个乡镇的四条街各自举行了一次数十年来未有的大规模的迎神赛会。一位“会首”说：“我们不是迷信，借此振兴市面而已！”这句话自然开通之至。因而假使有些“读洋书”的年青人夹在中间帮忙，也就“合理”得很。

迎神赛会总共闹了一个月光景。而且一次比一次“更见精彩”。听说也花了万把块呢。然而茶馆酒店的“市面”却也振兴了些。有人估计，赛会的一个月中，邻近乡镇来看热闹的人，总共也有万把人；每人花费二元，就有二万元，也就是“市面”上多做了二万元的生意。这在市面清淡的现今，真所谓不无小补。

有一位“躬与其盛”的先生对我说：“最热闹的一夜，四条街都挤满了人，约有十万的看客。轮船局临时添了夜班，航船和快班船也添了夜班，甚至有一夜两班的。有几个邻镇向来没有轮船交通，此时也都开了临时特班轮。”

所以把一切费用都算起来，在赛会的一个月间，市面上至少多做了十万元的生意。这点数目很可使各业暂时有起色，然而对于米价的低落还是没有关系。结果，赛会是赛过了，雨也下过了，农民的收成据说不会比去年坏，不过明年的米价也许比今年还要贱些呢……[1]

---

① 写这篇杂文的时候，正闹着“农村经济破产”而又“谷贱伤农”的矛盾现象。——作者补注

升学与就业

暑假到了，又有几万个青年人从中学校里毕业出来，在“升学”呢，或“就业”呢，这两岔路口徘徊了。

有钱有势人家的子弟，自然无所用其“徘徊”。挟了饱满的钱袋——虽然不饱满的是他的书包，他照样可以“升学”，反正学校就好比“游戏场”，混上三年五载，出来时便是“学士”、“硕士”，就有钻谋差使的资格。说不定他的父母早已给他准备好什么拿钱不办事的好位置了。

很为难的是中等人家出身的中学生。翻开报纸一看，满眼是中等以上学校招生的广告，但是满报纸的夹缝里却又影影绰绰刊满了九个大字：知识分子失业的恐慌。而这些知识分子又多半是曾经“升学”过来的呀！

有些贤明的父母把很大的希望放在儿女身上，觉得中学毕业生简直是“郎勿郎，秀勿秀”，于是多方省俭，甚至借贷，使儿女“升学”。他们自然以为将来方帽子一上头，职业就有把握了。然而这样的希望毕竟比“航空奖券”的头彩有多少把握，那也只有天晓得罢哩！

照普通的情形说，中等人家的子弟在中学毕业后，对于“升学”与“就业”的问题往往走了这样的“连环套”：

中学毕业了，因为无业可就，姑且“升学罢”；所以今日之“升学”即为他日之“就业”着想；然而今日拿出钱去“升学”，或可易如反掌，他日要“就业”而拿进钱来，竟至难如上天了，于是大学毕了业以后就真真成为无业，或者甚至于长期失业了。

依这情形，所谓“升学”也者，实在也就是“就业”的意味。大抵十个中学生内至少有九个的“升学”是含了这样的“就业”意味的。因而一般中学生的“升学”或“就业”的问题只是一个问题：谋生！

然而青年人的知识欲是强烈的，幻想是丰富的，所以问题的核心即使只是个“生计问题”，而问题的外层却很复杂——强烈的知识欲和美满的幻想，一层一层交错包围着；而于是乎青年人在中学毕业后往往是非常烦恼地面对着这“升学”或“就业”的问题了。

大而言之，这是一个严重的社会问题。在现社会一切不合理的状态尚未纠正以前，这个问题是无法解决的。但是有志气有魄力的青年也犯不着为这问题哭丧着脸终天发闷。我们敢为可爱的青年进一解，我们应拿高尔基的青年时代的经验来看一看罢。

高尔基是连中学都没有进过的，他自修到了中学的程度，十五岁那年，他忽然想到加桑去进大学。但要进学校，第一要紧的还是钱。高尔基没有钱，大学进不成，就流落在加桑；他做码头上的小工，他又做过小小的面包店里的学徒。……这些，都是“业”，不是“学”，然而后来高尔基自己说：“这，我就是进了大学校了！”

学问并不一定要在学校中才有，才能学到。高尔基就是一个例。不过千万不要误会，光在码头上面包店里混，就会学问长进。高尔基那时也靠了自修。他一方面谋生，一方面还是“手不释卷”地自修。

并且千万不要误会，我们引高尔基的故事是在暗示中学生诸君都去做“文豪”。这里，不过举一个例；因为高尔基是想进大学的，但结果是做工，而且他自己后来又说：“这，我就是进了大学校了。”——这句话，刚好对于“升学”或“就业”这问题给了个很“幽默”的解答。实际上，中外古今有不少伟大的事业家都不是“学校”“科班”出身，甚至科学家也有从没进过什么理工科大学的！

何必哭丧着脸呢？“升学”或“就业”这问题犯不着叫你烦恼！进了职业界，同样也还可以自修，只要自己意志坚强。可是还有一句话：假使有一位中学毕业生决心要“就业”了，而又脱不下自己的竹布长衫（假定他找不到穿长衫的职业），于是失业，于是怨天尤人，于是垂头丧气，那么，自然又当别论，而我们上面的那些话他也一定听不进耳朵。对于这样的青年，我们只能引用一句俗语：“做过三年当铺朝奉，出来卖油条都不行呀！”

我们以为有骨气的青年人决不会做了几年中学生就弄成了一个“公子哥儿”。在必要的时候，他那件竹布长衫可以脱掉，而且脱掉了竹布长衫后，他依然不忘记自修。在这样的青年人，“升学”或“就业”，都不成问题了！

《娜拉》的纠纷

南京有一位小学教师王光珍女士，因为在磨风社公演的《娜拉》新剧中担任了女主角娜拉，就被学校当局解除了职务。同时还有三位女学生也因为同样的“罪名”或被开除，或被记过。其中有一位只得十四岁，是南京女中的学生，学校当局开除她的理由是“行为浪漫”。

这件事发生后，就引起了许多批评，自然都是“仗义”的正论了，然而到现在为止，解职者依然未曾复职，开除者也未能重返校门。

在这年头儿，“娜拉”也会惹祸，似乎是不可思议的事情；然而从另一方面看来，“娜拉”在今日的中国也还是危险分子，因为她胆敢反对传统的为妻为母的责任。

十多年前，《娜拉》剧本介绍到中国来的时候，我们的社会上没有妇女的地位；十年以后的今日，我们看见凡是公共的场所已经到处有妇女，而且少不了妇女，我们看见女子不但做律师，做记者，而且做官，而且警察也有女子。十多年的时光，似乎已经使得妇女的社会地位大不相同。然而这是表面的变化。这不过是传统地要靠男子养活的妇女现在也能够自己养自己，或者反过来倒能养活男子而已。在这范围之内，“娜拉”是决不会闯祸的。如果想跨出这范围一步，妇女们想在家庭关系中建立起“独立的地位”，一想使得自己是一个“独立的人”而不是附属于男子的女人，那她就被视为危险分子了。这是十多年来始终如一的“真实”，并不是今年特别“复古”。

从前妇女问题初初喧腾于口头的时候，许多人都说妇女的社会地位的真正提高须待妇女们有了独立生活的时候，所谓独立生活，自然指自食其力，不必依靠男子。那时候有些“新女子”开口一个“经济问题是妇女问题的中心”，闭口一个“妇女问题就是经济问题”。她们大抵是太太小姐，她们那时好像并没知道有些——而且许多够不上太太小姐身份的妇女不但自食其力而且还要养活丈夫，然而她们何尝有“地位”。现在似乎更加弄得明白些了，单单是不靠男子来养活，还不够提高妇女的社会地位，还有比纯粹的经济问题更中心的问题在那边呢！演几次《娜拉》，不会就将那更中心的问题解决了的。何况那出走的“娜拉”实在自己也不明白跑出了那“傀儡家庭”以后应该到哪里去。不过现在的兴中门小学校长之类委实是神经太衰弱，见了一点点就会大惊小怪，所以扮演“娜拉”的王光珍女士还是敲破了饭碗，而其他三位女士受了开除。

于是乎应该不会惹祸的“娜拉”在民国二十四年的开头就惹了一次祸。校长之类即使拿出“行为浪漫”的理由来做口实，然而他这“浪漫”二字的意义跟普通所谓“浪漫”是不同的。“浪漫”的，并不是危险。一般的社会意识以及分有此意识的校长之类，何尝会那样糊涂呢！君不见浪漫的交际花自由自在真天真！

狂欢的解剖

从前欧洲中世纪“黑暗时代”，十三世纪那时候，有些青年人——大都是那时候几个新兴商业都市新设的大学校的学生，是很会寻快乐的。流传到现在，有一本《放浪者的歌》，算得是“黑暗时代”这班狂欢者的写真。

《放浪者的歌》里收有一篇题为《于是我们快乐了》的长歌，开头几句是这样的：

且生活着罢，快活地生活着，
当我们还是年青的时候；
一旦青春成了过去，而且
潦倒的暮年也走到尽头，
那我们就要长眠在黄土荒丘！

朋友，也许你要问：这班生在“黑暗时代”的年青人有什么可以快乐的？他们寻快乐的对象又是什么呢？这个，哦，说来也好像很不高明，他们那时原没有什么可以快乐的，不过他们觉得犯不着不快乐，于是他们就快乐了，他们的快乐的对象就是美的肉体（现世的象征）——比之“红玫瑰是太红而白玫瑰又太白”的面孔，“闪闪地笑着……亮着”像黑夜的明星似的眼睛，“迷人的酥胸”，“胜过珊瑚梗的朱唇”。

一句话，他们什么也不顾，狂热地要求享有现实世界的美丽。然而他们不是颓废。他们跟他们以前的罗马人的纵乐，所谓罗马人的颓废，本质上是不同的；他们跟他们以后的十九世纪末年的要求强烈刺激，所谓世纪末的颓废，出发点也是完全不同的。他们的要求享乐现世，是当时束缚麻醉人心的基督教“出世”思想的反动，他们唾弃了什么未来的天堂——渺茫无稽的身后的“幸福”，他们只要求生活得舒服些，像一个人应该有的舒服生活下去。他们很知道，当他们的眼光只望着“未来的天堂”的时候，那几千个封建诸侯把这世界弄得简直不像人住的。如果有什么“地狱”的话，这“现世”就是！他们不稀罕死后的“天堂”，他们却渴求消灭这“现世”的活地狱；他们的寻求快乐是站在这样一个积极的出发点上的。

他们的“放浪的歌”是“心的觉醒”。而这“心的觉醒”也不是凭空掉下来的。他们是趁了十字军过后商业活动的涨潮起来的“暴发户”，他们看得清楚，他们已经是一些商业都市里的主人公，而且应该是唯一的主人公。他们这种“自信”，这种“有前途”的自觉，就使得他们的要求快乐跟罗马帝国衰落时代的有钱人的纵乐完全不同，那时罗马的有钱人感得大难将到而又无可挽救，于是“今日有酒今日醉”了；他们也和十九世纪的“世纪末的颓废”完全不同，十九世纪末的“颓废”跟“罗马人的颓废”倒有几分相似。

所谓“狂欢”也者，于是也有性质不同的两种：向上的健康的有自信的朝气蓬勃的作乐，以及没落的没有前途的今日有酒今日醉的纵乐。前者是“暴发户”的意识，后者是“破落户”的心情。

这后一意味的“狂欢”我们也在“世界危机”前夜的今年新年里看到了。据路透社的电讯，今年欧美各国“庆祝新年”的热烈比往年“进步”得多。华盛顿、纽约、罗马、巴黎这些大都市，半夜里各教堂的钟一起响，各工厂的汽笛一起叫，报告一九三五年“开幕”了；几千万的人在这些大都市的街上来往，香槟酒突然增加了消耗的数量，……真所谓满世界“太平景象”。然而同时路透杜的电讯却又报告了日本通告废除《华盛顿海军条约》，美国也通过了扩充军备的预算，二次世界大战的“闹场锣鼓”是愈打愈急了。在两边电讯的对照下，我们明明看见了“今日有酒今日醉”那种心情支配着“今日”还能买“酒”的人们在新年狂欢一下。

我记起阳历除夕“百乐门”的情形来了。约莫是十二时半罢，忽然音乐停止，跳舞的人们都一下站住，全场的电灯一下都熄灭，全场是一片漆黑，一片肃静，一分钟，两分钟，突然一抹红光，巨大的“1935”四个电光字！满场的掌声和欢呼雷一样的震动，于是电灯又统统亮了，音乐增加了疯狂，人们的跳舞欢笑也增加了疯狂。我也被这“狂欢”的空气噎住了，然而我听去那喇叭的声音，那混杂的笑声，宛然是哭，是不辨哭笑的神经失了主宰的号啕。

我又记起废历年的前后来了。这一个“年关”比往年困难得多，半个月里倒闭的商店有几十，除夕上一天，又倒闭了两家大钱庄，可是“狂欢”的气势也比往年“浓厚”得多。下午二点钟，几乎所有的旅馆全告了客满。并不是上海忽然多了大批的旅客，原来是上海人开了房间作乐。除夕下午市场上突然流行的谣言——日本海军陆战队要求保安队缴械的消息，似乎也不能阻止一般市民疯狂地寻求快乐；不，也许因此他们更需要发狂地乐一下。影戏院有半夜十二时的加映一场，有新年五日内每日上午的加映一场，然而还嫌座位太少。似乎全市的人只要袋里还有几个钱娱乐的，哪怕是他背上有千斤的债，都出动来寻强烈刺激的快乐。在他们脸上的笑纹中（这纹，在没有强笑的时候就分明是愁纹，是哭纹），我分明读出了这样的意思：“今天不知明天事，有快乐能享的时候，且享一下罢，因为明天你也许死了！”

而这种“有一天，乐一天”的心理并不限于大都市的上海呵！废历新年初六以后的报纸一边登着各地的年关难过的恐慌，一边也就报告了“新年热闹”的胜过了往年。“越穷是越不知道省俭呵！”这样慨叹着。不错，从不穷而到穷，明明看见没有前途的“破落户”，是不会“省俭”的，他们是“得过且过”；现在还没“穷”，然而恐怖着“明天”的“不可知”的人们，也是不肯“省俭”的，他们是“有一天，乐一天”！例外的只有生来就穷的人，饿肚子的人，他们跟发疯的“狂欢”生不出关系。

我又记起废历元旦瞥见的一幕了。那是在“一·二八”火烧了的废墟上，一队短衣的人们拿着钢叉、关刀、红缨枪，带一个彩绘的布狮子。他们不是卖艺的，他们是什么国术团的团员，有一面旗子。我看见他们一边走，一边舞他们的布狮子，一边兴高采烈地笑着叫着。我觉得他们的笑是“除夕”晚上以及“元旦”这一日我所听到的无数笑声中唯一的例外。他们的，没有“今日有酒今日醉”的音调，然而他们的笑，不知怎的，我听了总觉得多少是原始的、蒙昧的，正像他们肩上闪闪发光的钢叉和关刀！

“今日有酒今日醉”的“狂欢”，时时处处在演着，不过时逢“佳节”更加表现得尖锐罢了。我好像听见这不辨悲喜的疯狂的笑，从伦敦，从纽约，从巴黎、柏林、罗马，也从东京，从大阪，……我好像看见他们看着自己的坟墓在笑。然而我也听得还有另一种健康的有自信心的朝气的笑，也从世界的各处在震荡；我又知道这不是为了“现世”的享乐而笑，这是为了比《放浪者的歌》更高的理想，因为现在到底不是“中世纪”了。

一九三五年二月二十日

不是恐怖手段所能慑伏的

近来每天清晨便听得敌人的飞机在屋顶的上空嗡嗡地回旋。我准知道这样回旋的，是敌人的飞机。因为这里离战区起远，而且是属于英军防守区域的，而且尊重“租界安全”的我国的空军听说早已避免飞行在租界上空了；而嗡嗡地回旋者则是侦察或伺隙一击，这在既离战区颇远而又属于租界上空的此地，当然不会是我国的空军。

事实证明我这推想并没错，嗡嗡地几圈以后就惨厉地像受伤之狗叫起来——这是敌人的飞机自以为觅得了目标疾如鹰隼地向下急降；接着，轰的一声炸弹。

听炸声，知道是在西方——也许是真如一带罢。后来看晚报果然是真如无线电台受了点损失，暨南大学的校舍遭了灾。

哼！敌人的堂堂的空军原来只向没有武装的交通机关和文化机关施威么！

我这里门前常有乡下人种了青菜来卖。他们大都来自真如一带。我偶然和他们闲谈。我知道他们这些青菜正是每天清晨在敌人飞机追逐威胁之下一直挑负了来的，这样的青菜，本来值十文钱的，就是卖二十文，也不算多吧？然而他们并不肯抬价。

“日本飞机天天来轰炸，不怕么？”我冒冒失失问了。

可是那些紫铜色的脸儿却笑了笑回答：

“怕么？要怕的话，就不能做乡下人了！”

呵呵！这是多么隽永的一句话！我于是更觉得敌人这种“威胁后方”的飞机战略不但卑劣而且无聊。

前昨两天敌人飞机照例的“早课”更做得俨然了。这两天秋老虎又颇厉害，我要写点文章多半是趁早凉时间。心神一有所注嗡嗡声或轰轰声都听而不见了。然而我开始觉得敌人这种卑劣的战略妨碍了我的工作了。我那间卧室兼书室的天花板曾经粉刷过，大概那位粉刷匠用了不行的东洋货吧，只两年工夫，那一层粉便像风干的橘子皮似的皱缩起来，上次风暴，忘记关了一扇窗——仅仅一扇，天花板上那白粉竟像雪片似的掉下来；此番，趁早凉我正在写作，那雪片样的东西忽又连续而下，原稿纸上都洒满了。我不得不停笔，抬头朝上看，而恰在此时照例的轰轰似乎比以前近些，房子也有点震动，呸！原来那白粉作雪花舞，也是敌人飞机作的怪！听声音又在西方，或许偏北。我拂去了纸上的粉屑，陡然又想起几天前那几位真如来的农民回答我的那一句掷地作金石声的名言，我忍不住微笑了。对于敌人飞机此种徒然的而又无聊的威胁或破坏手段，我老老实实引不起正常的愤忿或憎恨，只能作轻蔑的微笑，我相信敌人中间的所谓“支那通”一辈子也不会了解大中华民族的农民的虽似麻木然而坚凝的性质！

可是待到我知道这回是敌人空军在北新泾等处轰炸徒手的民众而且连续轰炸至数小时之久，我的血便沸腾了！世界上会有这样卑劣无耻的军人么？

当然，他们这卑劣无耻的举动有其目的：想要在我们后方民众中间撒布恐怖，动摇人心。但是农民子孙的我敢于回答道：不能——绝对不能！中国农民的神经诚然有些迟钝，然而血，血淋淋的屠杀，可正是刺激他们奋起而坚决了复仇的意志！“民不畏死奈何以死惧之”，这是我们古代哲人的金言。中国民众决不是什么恐怖手段所能吓倒的！

敌人以为轰毁了几个乡镇，就能动摇我们民众的抵抗的决心么？

那是梦想！中国农民诚然富于保守性的多，诚然感觉是迟钝的；一个老实的农民当他还有一间破屋可蔽风雨，三餐薄粥可喂饿肚子的时候，诚然是恋家惜命的，但当他什么都没有了时，他会像一头发怒的狮子一样勇敢！中国民族绝不是暴力所能慑伏的！

中国民众所受的政治训练诚然还不大够，但是敌人的疯狂的轰炸屠杀恰就加强了我们民众的政治意识。

现在敌人的飞机天天在我们各地的和平的城镇施行海盗式的袭击。这是撒布恐怖么？不错，诚然有一点是恐怖的，但恐怖之心只是一刹那，在这以后是加倍的决心和更深刻的认识，认识了侵略者的疯狂和残酷，决心拼性命来保卫祖国！

一九三七年九月六日

无题

秋凉了，天也夜得快些。七点钟的静安寺路，并不比平时冷静，但似乎总带点肃杀的气氛；霓虹招牌血也似的强光，高耀在钉了木板的橱窗上，刺得眼睛不好受；各色的汽车像两条对面奔来的长蛇，似乎比平时匆忙紧张些。

我看见有大卡车，满插着作为掩护用的竹枝，四五位黄制服的——大概是童子军，蹲在车里。在漂亮的轿车队中，这卡车是惹眼的，正像少爷小姐队里夹着个粗朴的大汉，然而它是多么威武，它越过了漂亮小巧的轿车们，直向西去。

我知道这是到前线去救护伤兵的。敌人的飞机见了没有武装的救护车就要来施威，我们勇敢的童子军已经牺牲了几位，幸而天公也还照例的有昼有夜，“太阳”有没落的时候。

我目送着这勇敢的大卡车，我想，此时它疾驰于平坦的柏油路上，但不久它将在满布着敌人飞机轰炸出来的弹穴的路上，关了车灯，摸盲似的走；也许天空，忽然亮起了敌人的照明弹，继之以机关枪扫射，二百五十磅的炸弹落在它前后，然而它一定勇敢地走，它冲过弹雨，不到目的地不休。

我并不能看清车上那几位黄制服的，可是我知道他们的年纪都不过十八九。在别的国家，即使在战时罢，这么一点年龄的嫩芽大概是不让他们去冒危险，大概是在安全的后方上着“最后的一课”的；但我们这里是无可奈何的。而也正唯有这，以及无数同类的“无可奈何”，我们现代这一页历史是空前的伟大、壮烈，同时我们确信了自己的最后胜利。

在我们这非生即死的时代，一个人如果处处以“西方标准”来看来想，一定会落到悲观而自馁。有些人们，满脑子的“西方标准”，而又稍知自己这面的“现实”，便觉得我们是“战必败，而且败必亡国”的。“那么，依你说，怎么办呢？”他们的回答是：“日苏战争终必爆发。那时候，我乘其敝。”但是敌人并非笨伯，不让我们安坐而得这巧宗儿，宛平城外的炮声打破了这种“渔翁主义”。直至“八一三”民族抗战的号炮响了，而且证明了我们在各方面的力量虽未达“理想的”或“西方的”标准，但也颇足与敌人相周旋了，“西方标准”先生们还是惶惶不自安，眼巴巴望着英国的态度，美国的表示，苏联的举动……

雨天杂写之一

偶然想起些旧事，倒还值得回味一下。例如抗战发生以前，有人推想一旦反抗侵略的民族解放战争爆发了，文艺之神大概要暂时躲进冷宫，为什么？为的是中华民族的反抗侵略和自由解放的战争，一定是拼死命的极其残酷的斗争。一切都为了战争，而战时生活当然又不稳定，文艺之类似乎是生活相当稳定时的产品，所以在战时不但作者意兴阑珊，恐怕读者亦无此雅兴，何况还有物质的困难，如印刷条件缺乏等等……

当时对于这论点，我曾盛气驳之。所举理由，在彼时亦并未超乎常识以上，在今天更已成为平凡的现实，此处相应从略。这位可敬的论者，在“七七”以后便投身于最艰苦的斗争中了，亲身的经验当已确认即使在被封锁的、文化落后的、天天有战争的区域，文化运动还是需要，而且比那些较为平静而熙攘于战时景气，竞夸“繁荣”的后方都市更为迫切地需要，文艺呢，在那些山坳子里本来玉趾罕见，可是倒随同硝烟血腥而发展，而且真正为大众所需要所享受。我又想起人家告诉我的关于他的一件“轶事”：抗战那年他在某处，适逢鲁迅先生逝世纪念，在一个庄严的纪念会中，他要求说话，可是他登台以后只说了这么一句：“大家以为鲁迅所指斥的奴隶总管就是我，其实不是！”不知怎的，这个“轶事”给我印象很深，同时他的印象在我脑中亦为之一新；我想凡在当时文坛有过牵惹的，或许与我有同感。正像告我以此“轶事”的我们的那位女作家在述说以后莞尔曰：怪有意思。

这位先生在抗战以后未尝一至大后方，而且大后方的所谓文化动态，他那边的山坳子里亦未必知之甚详。最多知道作家们有苦闷。如果一旦到大后方来一看，不知他又有何种感想。但在我呢，把当年我驳他的议论和当前现实一比较，却不能不苦笑，现实太复杂，多变幻，我们对于这社会的认识，深广都不够得很。一时管窥蠡测，虽在原则上道着几分，然而何曾能洞见转折曲复？今天桂林的文化市场，不为不热闹，然而对于开风气，励节操，到底起了何等的作用？据说能销的还推文艺作品，随随便便一本书销五千不成问题，可是这五千的读者究竟以怎样的心情去读这本书，而读后他的意识又起了怎样的波动呵？我们当然可以有乐观的说法。不过如果不是忘形自满的浅薄者，决不能一味乐观。我们的确维持了一个文化市场，弄得相当热闹，但是我们何尝揭露了读者心灵上的一层膜，而给予他以震撼的满足？甚至为了维持这文化市场，大多数作者连进修也顾不得了，意志不坚定的人且复沾沾自足，自谓左右逢源，颇有办法。至于在生活的重担下喘不过起来的作家，要责他以潜心精进，自然不近人情，但在今天这种委蛇的文化空气中，恐怕连这一点感觉也会渐渐麻木。

不能不说今天的毛病是亢阳内亏，只看哲学与社会科学书籍销路之不振，便可以知道。在这里，我又想起了听来的两个小故事：有一位写国际政治论文的先生，一天有一个青年见他书架上并没有一本哲学和社会科学的书，便问他对此两门学术的意见，他回答道：“写国际政治论文，只要有材料便行了。”又有一位从头到尾读过《鲁迅全集》的先生有一天欣然自得对人说：“我发现了一件事：鲁迅不谈哲学，也不喜欢哲学。”人家叩问他“发现”之证。他夷然曰：“你看他一部全集里简直找不出什么偶然性，必然性，矛盾律，矛盾的统一等等哲学名词，这不是明证么？”自然，我们不能据此以论全般的文化界，深思好学之士，一定还有不少，但在今日文化市场中，深思好学之士恐无回旋之余地，这一种颓风，其严重性，与自外面加的桎梏，恐怕不相上下。

我们曾经对于只知道生吞活剥硬用哲学名词，或以为唯名词方见哲学的错误倾向，加以批判，但在今天这种不懂哲学，而又鄙视哲学的潜在倾向之下，不能不发愤激之论，以为前者犹胜于后者！

六月二十四日

雨天杂写之二

孟超先生喜欢写些历史题材的小说。他现在编一本期刊，要我写一点稿去。可是写什么好呢？……

但孟夫子的嘱托，又不能不承应。二十年前这一个山东小伙子，如今的苍老和他的年龄颇不相称，但可喜者，脾气还不曾跟着老，依然是二十年前山东小伙子。粗疏莽撞犹昔，但鲁直热情也还如旧；这在我看起他的作品来，颇觉得文如其人。这一点本色是可喜的，在此“心画心声总失真”视为故常的时期。而于无写处中觅可写之物，我也讲讲历史如何？

前些时候，有人喜欢读《战国》，议论奥妙，自非尼采式以上的“超人”不能发，亦不能领悟，我想：我们历史上的战国，怕不能照他们的心愿而变质改形。乃至他们所发现的今日的“战国”，怕亦不能照他们的心愿而进行。但此亦何可深论，还是来谈常识范围的历史。我也是对于历史上的“战国时代”曾经发生过兴趣的人。试想一想：杨墨与孔争有天下，惹得孟夫子屡次大声疾呼，发极之态，情见乎辞；稷下先生们分庭讲学，“最好老师”的荀况亦未能收统制之效，须待后来弟子李斯借秦政权而始实现之；此种思想上的决荡斗争，可喜现象之一便是并未产生妥协调和。社会发展的不平衡，是当时一件可注意的事：临淄那样的都市，拥有七万户，倘以八口之家计算，人口比今天的桂林还多，然而许行之辈还照行神农之教，可知原始生产方式依然保有“面”的广度。但就大势所趋而言，此时的社会经济，变化发展是走的上坡路，从这些点上，我觉得对于战国时代特别有兴趣，未必全由于怀古，常记中国数千年的历史，有可能成为大转捩期之时代二，其一即战国时代，秦是承继了这发展趋势的，李斯未必是开倒车的角色，但秦的民族政策产生了经济政策错误的副作用，及至汉朝厉行抑制商业资本的政策，遂使社会经济发展陷于停滞。亭长起家的汉朝，十足做了封建贵族的忠诚的保护人。又一时代便是永嘉以后南北纷乱时期。那时也有思想上的斗争：佛，道，孔。但那时的社会经济走的是下坡路，故居然有均田制，而均田制的目的还在挽救没落的封建贵族，此在封建贵族不能不说是妥协，正如三教相争结果产生奇怪的调和论。写到这里，忽见报载胡适博士在美国“三十八州州长会议”上发表演说，说“中国在二千三百年以前，即已废除封建制度”，这正和桂林《大公报》曾经两次告诫读者，说香港侨胞饮茶之风，寻于晋朝的清谈，而“清谈误国”，则“古有明训”云云，都是叫人看了啼笑皆非。虽然，《大公报》的记者何足深论，而且，即使该报于痛斥当今刊物亦颇多“清谈”之时，“小公园”[①]内尚登载颇难决定其为“清谈”抑“浊谈”的文字，言行本难一致亦何必深论；独惜有历史癖考据癖的胡博士而把分土的封建制与一般所指政治上与经济上的封建制度混为一谈，从知名实之间，辨析正亦不易耳。

六月二十五日

① 指《大公报》副刊。

雨天杂写之三[①]

报载希特勒要法国献出拿翁[②]当年侵俄时的一切文件。在此欧非两战场烽火告急的时候，这一个插科式的消息，别人读了做何感想，自不必悬猜，而在我看来，这倒是短短一篇杂文的资料。大凡一个人忽然想到要读一些特别的东西，或对于某些东西忽然厌恶，其动机有时虽颇复杂，有时实在也单纯得可笑。譬如阿Q，自己知道他那牛山濯濯的癞痢头是一桩缺陷，因而不愿被人提起，由讳癞痢，遂讳“亮”，复由讳“亮”，连人家说到保险灯时，他也要生气。幸而阿Q不过是阿Q，否则，他大概要禁止人家用保险灯，或甚至要使人世间没有“亮”罢？倘据此以类推，则希特勒之攫取拿翁侵俄文件，大概是失败的预感已颇浓烈，故厌闻历史上这一幕“英雄失败”的旧事，因厌闻，故遂要并此文件而消灭之——虽则他拿了那些文件以后的第二动作尚无“报道”，但不愿这些文件留在他所奴役的法国人手中，却是现在已经由他自己宣告了的。

但是希特勒今天有权力勒令法国交出拿翁侵俄的文件，却没有方法

① 本文在收入散文集《时间的记录》一书时，将题目改为了《雨天杂写之一》。

② 指拿破仑。

把这个历史从法国人记忆中抹去。爱自由的法兰西人还是要把这个历史的教训反复记诵而得出了希特勒终必失败的结论的。不能禁止人家思索，不能消灭人家的记忆，又不能使人必这样想而不那样想，这原是千古专制君王的大不如意事；希特勒的刀锯虽利，戈培尔之辈的麻醉欺骗造谣污蔑的工夫虽复出神入化，然而在这一点上，暂时还未能称心如意。

我不知轴心国家及受其奴役的欧洲各国的报纸上，是否也刊出了这一段新闻，如果也有，这岂不是一个绝妙的讽刺？正如在去年希特勒侵苏之初，倘若贝当之类恭恭敬敬献上了拿翁的文件，便将成为堪付史馆纪录的妙事。如果真那么干了，那我倒觉得贝当还有百分之一可取，但贝当之类终于是贝当，故必待希特勒自己去要去。

历史上有一些人，每每喜以前代的大人物自喻。欧洲历史上第一次出现了一个大野心家亚历山大，后来恺撒就一心要比他。而拿破仑呢，又思步恺撒的遗规。从拿翁手里掉下来的马鞭子，实在早已朽腐不堪，可是还有一个蹩脚的学画不成的希特勒，硬要再演一次命定的悲喜剧。亚历山大的雄图，到恺撒手里已经缩小，但若谓亚历山大的射手曾经将古希腊的文化带给了当时欧亚非的半开化部落，则恺撒的骁骑至少也曾使不列颠岛上的野蛮人沐浴了古罗马文化的荣光。便是那位又把恺撒的雄图缩小了的拿翁罢，他的个人野心是被莫斯科的大火，欧俄的冰雪，烧的烧光，冻的冻僵了，虽然和亚历山大、恺撒相比，他十足是个失败的英雄，但是他的禁卫军又何尝不将法兰西人民的自由、平等、博爱的精神，法兰西大革命的理想，带给了当时尚在封建领主压迫下的欧洲人民？“拿破仑的风暴”固然有破坏性，然而，若论历史上的功罪，则当时欧洲的自中世纪传来的封建大垃圾堆，不也亏有这“拿破仑的风暴”而被摧毁荡涤了么？即以拿翁个人的作为而言，他的《拿破仑法典》成为后来欧陆“民法”的基础，他在侵俄行程中还留心着巴黎的文化活动，他在莫斯科逗留了一星期，然而即在此短暂的时间，他也曾奠定了法兰西戏院的始基，这一个戏院的规模又成为欧陆其他戏院的范本。拿破仑以“共和国”的炮兵队长起家，而以帝制告终，他这一生，我们并不赞许——不，宁以为他这一生足使后来的神奸巨猾知所炯戒，然而我们也不能抹煞他的失败了的雄图，曾在欧洲历史上起了前进的作用；无论他主观企图如何，客观上他没有使历史的车轮倒退，而且是推它前进一步。拿破仑是失败了，但不失为一个英雄！

从这上头看来，希特勒连拿翁脚底的泥也不如。希特勒的失败是注定了的，然而他的不是英雄，也已经注定。他的装甲师团，横扫了欧洲十四国，然而他带给欧洲人民的，是些什么？是中世纪的黑暗，是瘟疫性的破坏，是梅毒一般的道德堕落！他的猪爪践踏了苏维埃白俄罗斯与乌克兰的花园，他所得的是什么？是日耳曼人千万的白骨与更多的孤儿寡妇！他的失败是注定了的，而他的根本不配成为“失败的英雄”不也是已经注定了么？而现在，他又要法国献出拿翁侵俄的文件，如果拿翁地下有知，一定要以杖叩其胫曰：“这小子太混账了！”

前些时候，有一个机会去游览了兴安的秦堤。这一个二千年前的工程，在今日看来，似亦没有什么了不起，但在二千年前，有这样的创意（把南北分流的二条水在发源处沟通起来），已属不凡，而终能成功，尤为不易。朋友说四川的都江堰，比这伟大得多，成都平原赖此而富庶，而都江堰也是秦朝的工程。秦朝去我们太久远了，读历史也不怎么明了，然而这一点水利工程却令我“发思古之幽情”。秦始与汉武并称，而今褒汉武而贬秦始，这已是听烂了的老调，但是平心论之，秦始皇未尝不替中华民族做了几桩不朽的大事，而秦堤与都江堰尚属其中的小之又小者耳！且不说“同文书”为一件大事，即以典章法制而言，汉亦不能不“因”秦制。焚书坑儒之说，实际如何，难以究诘，但博士官保存且研究战国各派学术思想，却也是事实。秦始与汉武同样施行了一种文化思想的统制政策，秦之博士官虽已非复战国时代公开讲学如齐稷下之故事，但各派学术却一视同仁，可以在“中央的研究机关”中得一苟延喘息的机会。汉武却连这一点机会也不给了，而且定儒家为一尊，根本就不许人家另有所研究。从这一点说来，我虽不喜李斯，却尤其憎恶董仲舒！李斯尚不失为一懂得时代趋向的法家，董仲舒却是一个儒冠儒服的方士！然而“东门黄犬”，学李斯的人是没有了，想学董仲舒的，却至今不绝，这也是值得玩味的事。我有个未成熟的意见，以为秦始和汉武之世，中国社会经济都具备了前进一步、开展一个新纪元的条件，然而都被这两位“雄才大略”的君主所破坏；不过前者尚属无意，后者却是有计划的。秦在战国后期商业资本发展的基础上统一了天下，故分土制之取消，实为适应当时经济发展的趋向，然而秦以西北一民族而征服了诸夏与荆楚，为子孙万世之业计，却采取了“大秦主义”的民族政策，把六国的“富豪”迁徙到关内，就为的要巩固“中央”的经济基础，但是同时可就把各地的经济中心破坏了。结果，六国之后，仍可利用农民起义而共覆秦廷，而在战国末期颇见发展的商业资本势力却受了摧残。秦始皇并未采取什么抑制商人的行动，但客观上他还是破坏了商业资本的发展的。

汉朝一开始就厉行“商贾之禁”。但是“太平”日子久了，商业资本还是要抬头的。到了武帝的时候，盐铁大贾居然拥有原料、生产工具与运输工具，俨然具有资产阶级的雏形。当时封建贵族感的威胁之严重，自不难想象。只看当时那些诸王列侯，在“豪侈”上据说尚相形见绌，就可以知道了。然而“平准”、“均输”制度，虽对老百姓并无好处，对于商人阶级实为一种压迫，盐铁国营政策更动摇了商人阶级中的巨头。及至“算缗钱”，一时商人破产者数十万户，蓬蓬勃勃的商业资本势力遂一蹶而不振。这时候，董仲舒的孔门哲学也“创造”完成，奠定了“思想”一尊的局面。

所以，从历史的进程看来，秦皇与汉武之优劣，正亦未可作品相之论罢？但这，只是论及历史上的功过。如在今世，则秦始和汉武那一套，同样不是我们所需要，正如拿破仑虽较希特勒为英雄，而拿破仑的鬼魂却永远不能复活了。

一九四二年六月二十七日桂林

时间，换取了什么？

是在船上或车上，都不关重要；反正是那一类的设备既颇简陋，乘客又极拥挤，安全也未必有保障的交通工具，你越心急，它越放赖，进一步，退两步，叫你闷得不知怎样才好，正是：长途漫漫不晓得何年何月才到得了目的地。

在这样的交通工具上，人们的嘴巴会不大安分的。三三两两，连市面上现今通行的法币究竟有多少版本，都成为“摆龙门阵”的资源。

有这么两个衣冠楚楚的人却争辩着一个可笑的问题：时间。

一位说他并不觉得已经过了七个年头了。

“对！”另一位顺着他的口气接着说，“日子过得真快，不知不觉早已满了七年。”

那一位摇着头立刻分辩道：“不然！不知不觉只是不知不觉罢了，七年到底是七年；然而我要说的是，这七个年头在我辈等于没有。你觉得我这话奇怪么？别忙，听我说。你当是一个梦也可以，不过无奈何这是事实。想来你也曾听得说过：在敌人的炮火下边，老板职员工人一起动手，乒乒乓乓拆卸笨重的机器，流弹飞来，前面一个扑倒了，后面补上去照旧干，冷冰冰的机器上浸透了我们的滚热的血汗。机器上了船了，路远迢迢，那危险，那辛苦，都不用说，不过我们心里是快活的。那时候，一天天朝西走，理想就一天天近了，那时候，一天，一小时，一分钟，确实有价值。机器再装起来，又开动了，可是原料、技工、零件，一切问题又都来了，不过我们还是满身有劲，心里是快乐的。我们流的汗恐怕不会比机器本身轻些，然而这汗有代价：机器生产了，出货了。……然而现在，想来你也知道，机器又只好闲起来，不但闲起来，拆掉了当废铁卖的也有呢！”

他抹了一把额头的汗水，望着他的同伴苦笑，然后又说：“你瞧，这不是一个圈子又兜到原来的地点？你想想，这不是白辛苦了一场？你说七个年头过去了，可是这七年工夫在我们不是等于没有么？这七年工夫是白过的！白过了七年！要是你认真想起到底过了七年了，那可痛心得很，为什么七年之中我们一点进步也没有？”

“哎，好比一场大梦！”那同伴很表同情似的说。

但是回答却更沉痛些：“无奈这不是梦呀！要是七年前的今天我做了这样一个梦，醒来后我一定付之一笑，依然精神百倍，计划怎样拆，怎么搬，怎样再建，无奈这不是梦，这是事实，我们的确满了七年，只是这七年是白过的，没有价值！”

那同伴看见对方的牢骚越来越多，便打算转换话题，不料旁边一人却忽然插嘴道：

“白过倒也不算白过。教训是受到了，而且变化也不少呵！时间是荒废得可惜，七年工夫还没上轨道，但是倒也不能算作一个圈子兜回原来的地点，从整个中国看来，变化也不小呢！”

“变化？”那同伴睁眼朝这第三人看了一下，“哦，变化是有的。”他忽然讽刺似的冷笑一下，“对呀，变出了若干暴发户，发国难财的英雄好汉！上月的物价，和前月不同，和本月也不同，这一点上，确是一天有一天的价值，时间的分量大多数人都觉得到的。”于是他忽然想起来了似的转脸安慰他的朋友道：“老兄不过是白白过了七年，总还算是无所损益。像兄弟呢，一年一年在降格。我们当个不大不小地主的，真是打肿了脸充胖子罢哩！老兄想来也是明白的。”

“怎么我好算是无所损益呢？……”

“当然不能，”那第三人又插进来说。“在这时代，站在原地位不动是办不到的，中国是世界的一部分，而且还在抗战。”

一听这话，那两位互相对看了一眼，同时喊了一声“哦”；而且那位自称是“一年一年在降格”的朋友立刻又欣然说道：“所以我始终是乐观派，所以要说，这七年工夫是挨得有代价的；你瞧，我们挨成了四强之一，而且英美在步步胜利，第二战场也开辟了，不消半年，希特勒打垮，掉转身来收拾东洋小鬼，真正易如反掌，我们等着最后胜利罢！”

他的同伴也色然而喜了，然而还是不大鼓舞得起来，他慢吞吞自言自语道：“胜利是没有问题的，不过我的厂呢？我们的工业呢？”

“等着？”那第三人也笑了笑说，“我们个人尽管各自爱等着就等着罢，爱怎么等就怎么等下去，有人等着重温旧梦，有人等着天上掉下繁荣来，各人都把他的等着放在没有问题的最后胜利等到了以后。不过，一方面呢，世界不等我们，而另一方面呢，中国本身也不能等着那些一心只想等到了没有问题的最后胜利到手以后便要如何如何的人们。更不用说，敌人也不肯等着我们的等着的！七年是等着过去了，也许有些人欣欣然自庆他终于等着了他所希望的，然而……”

“然而我并没有等着呀！”是懊恼而不平的声音，“我说过，我流的汗有几千斤重呢，可是我得到了什么呢？于人无补，于己也无利！”

“你老兄是吃了那一心以等着为得计的人们的亏！”那第三人回答。“不过中国幸而也有不那么等着的人，所以七年工夫不是白过，中国地面上是发生着变化了，打开地图一看就可以看见的。”

话的线索暂时中断。过了一会儿，那最初说话的人又回到那“时间”问题，发怒似的说道：“不论如何，白过了七年工夫总是一个事实。我们从今天起，不能再让有一天白白过去，如果再敷敷衍衍，不洗心革面，真是不堪设想的。然而那七个年头还是白废的！”

“要是能够这样，那么，七年时间虽然可惜，也还算不是白过的！

否则，那就是真真的白过了，倘有上帝的话，上帝也不会同情，更不用说历史的法则铁面无情。”

时间，换取了什么？今天我们必须认真问，认真想一想了。

闻笑有感

笑是喜悦的表示，动物之中，大概只有人类有这本领罢。猴子也能做笑的姿态，但亦不过是姿态而已，看了不会引起快感，或且以为丑。至于微笑、冷笑、苦笑……等等复杂的不尽是表示喜悦而别有滋味的各式之笑，那更是人类所独特擅长。

简直可以说，愈是思想情绪复杂且多矛盾而变态的人，笑之内容也愈为复杂而多变态；原始意味的笑——即天真的笑，差不多很难在这样人们的脸上找到了，通常我们见到的，倘不是虚伪的笑便是恶意的笑，这又是人类比猴子高明的地方，猴子大概做不出虚伪的笑，并且大概也没有恶意的笑。

但是也还有若干种类的笑，其动机似可索解却又未必竟能索解。譬如青年的疯女人，一丝不挂出现于大街，此时围观者如堵，笑声即错杂起落，如果再有一个无赖之徒对疯妇做猥亵之动作，旁观者就一定会哄然大笑。这样的笑，当然并不虚伪，确是“真情之流露”，远远听去，你会猜想这所笑者一定是一件可喜的事；那么，这是恶意的笑了，可又不尽然，当然说不上含有善意，但围而观者之群其中百分之九十九与此疯妇确无丝毫的仇恨，既无仇恨，则看见她在那样悲惨的境地而犹受无赖子的欺侮，纵使不生同情亦何必投之以恶意的笑呢？

然则是缺乏同情心的缘故么？在此一场合，围观者同情心之薄弱，即就“围观”一举已可概见，自不待论；但是同情心之缺乏并不一定造成那样纵声狂笑的结果。假如有一位绅士在场，恐怕他是不笑的，虽然这位绅士跟围观之群比较起来，心地要肮脏得多，白天黑夜，他时时存着损人利己之心，而围观之群却确是善良（虽则赶不上那位绅士的聪明）的人们。

这样看来，恐怕只能把这种变态的笑解释为并无意义的动作，这恐怕是神经受了不寻常的一刺骤然紧张而起的一种反应，这中间并无恶意，当然也未必带有幸灾乐祸的成分。但“一半是神，一半是兽”的万物之灵，在这当儿，却突然褪落了“神”的光圈，而呈现了赤裸裸的“兽”的本色，大概也是不能讳言的事罢？

在街头遇到了这种的笑，并不比在雅致的客厅中遇到了虚伪的笑，更为舒服些，不过那不舒服的滋味应当是不相同罢？前者是悲哀而后者是憎恶。在前者，我们感到文化教育力之不足，在后者，我们看见了相反的作用——“人”非但未能净化，反倒被“教养”得更卑鄙龌龊了！我不得不承认：那种无意义的原始性的傻笑，虽使我听了战栗，可是比起客厅中高贵人们的虚伪的——可又十分有礼貌的笑，至少是“天真”些罢？

不过在大街上那样笑的机会究竟不多，常见者乃在室内。在文雅的背景前，有“教养”的嘴巴绘声绘影地在叙述一些惨厉的故事的时候，听到了那样野性的放纵的笑声，其使人毛骨悚然，当亦不下于在大街。这时的笑，当然决无虚伪，可也不见得如何“天真”，这里可以嗅出自私的气味，讲述者和听而笑者似乎都把这当作一种娱乐，一种享受，他们似乎习惯了要把血腥的人类灵魂被践踏的故事当作饱食以后的消化剂，把别人的痛苦当作自己开心的资料。这原来不是没有“教养”的人所知道的。

人们说近来有些话剧，偏重“噱头”，于是慨叹于“低级趣味”之盛行，但是，见“噱头”而笑，即使是“低级趣味”罢，亦不过趣味低级而已；事有甚于此者，即并非“噱头”而且简直是不应当笑的地方，也往往听到喷发的笑声，叫人突然觉得这就是疯女人出现在大街上所引起的同样的声音。有一次我看电影，就在我近旁发出了这样变态的笑声；后来我留心看那几位“可敬的人们”，确也是衣冠楚楚，仪表堂堂，标明是有“教养”的——即不是粗人，换一句话，就是那些看腻了“噱头”转而要从血腥和眼泪中寻取笑料的人！

人的感情有能变态到这样的地步的，这是人的堕落呢或是“进化”，自不待论；不过再一想，在众人的骷髅堆上建筑起一人的尊严富贵的，今世实在太多了，那么，仅仅在话剧或电影上找寻这样发泄的家伙，实在也不足责了。

剩下来的一个问题是：到了还没看腻“噱头”的小市民群的钱袋也不大宽裕而不得不依靠那些连“噱头”都已看腻转而要从血腥与眼泪——别人的痛苦中找寻娱乐的人们作为基本观众时，我们的戏剧将怎样办呢？

也许这是杞忧，现在这大时代有的是能使人痛快地一哭因而也就能健康地一笑的题材。但是看到那依然如故的“尺度”，我不能不担心我这个忧虑迟早要成为问题了。

谈排队静候之类

等候公共汽车，应当排队。自从“有碍观瞻”的木栅拆去以后，候车者的长蛇阵居然排得崭齐。当然也还有“弁髦法令”之辈使得群氓侧目，但此辈既非老百姓，自应例外，老百姓确是兢兢业业守法奉纪的。

排队静候的习惯确是在这几年来养成功了。现在是买米，买盐，买电影票，戏票，轮渡售票处，差不多只要十人以上就会“单行成列”起来。如果有人问我：七年来老百姓得到些什么？我会毫不迟疑地答道：排队静候就是一件。将来有谁要写一本例如“抗战期中我民族之进步”一类的书，我以为这一项是不应当遗漏的，因为，从这一项上，也可以证明老百姓程度之如何不够，连这一点点守秩序的 ABC 也得训之又训而始能，由此可知今日备受盟友指摘的行政效率之低，以及其他种种的不上轨道，理合见怪不怪，而这个责任当然相应由老百姓自己去负了。

而况臭虫外国也有。

不过，要是公共汽车数量充足，要是坐在小洞后边的售票员眼明手快些，要是……凡须排队静候的场合都添些合理性和计划性，那自然更好，至少“静候”的工夫会减少些——虽然这在训练老百姓之耐性这一点上也许是得不偿失的。

时间的意义，在排队静候的当儿，好像看不出它的重要性来。譬如候车，要是你能断定每隔半小时或数十分钟准有一辆车开到，那你的“静候”便不会没有时间的意义；又譬如排队买油盐之类，要是你能预先见到“静候”的结果是“今日货已卖完”，那你大概也要算一算你的时间究竟有没有更好的方法去浪费掉，然而不幸是两例之中包含的未知数太多了，叫你简直不敢再做“时间”换得XYZ的奢望，只是当作在受排队训练罢了。但这，实在也只是小市民知识分子如笔者之流的想法。老百姓——“老百姓”的心情不能那样悠闲。我曾经在某一清晨，经过某街，看见什么店外的长蛇之阵已经有半里远，旁人告诉我：此辈排队静候者在天未破晓时就已经来了。他们已经等候了四五小时，然而那什么店的排门依然紧闭，因为，还没到办公时间！

这里我们又碰到了“时间”这两个字了。同是这两个字，在门内的办公者的字典上，自然是和门外的长蛇之阵的静候者的字典上，各有各的意义的。在门内的字典上，“时间”这两字神圣得很，差一秒钟，大门是不开的；在门外那一群的字典上，“时间”比脚底下的泥还不如，所以天未破晓就来了。大人先生们闻（不是看见）有此等情形，佛然作色曰：“真是胡闹，不成话！一点时间观念都没有。唉，这样的老百姓，这样的落后！太不够程度了，所以公家办事困难！”

落后，不够程度：摸黑起早在什么店外排队的老百姓诚惶诚恐不敢——也不知如何自辩。但是尽管落后，老百姓们却懂得比大人先生更明白：要是不会静候半天所得的结果是“今日货已售完”，他们也未必那么高兴赶早的。而且，即使摸黑起早，等候五六小时之后“门”开了，但是：里把长的队伍尚未过半，而“今天货完”的牌子又挂了出来，老百姓们明天还是要摸黑起早来等候。老百姓的“落后性”就有这样顽强的。这中间的道理，大人先生们不愿亦不屑想一想，他们大概只淡淡一笑道：“他们的时间不值钱！”

诸如此类，“时间”在各色不同人们的字典上有其不同的“意义”

与“价值”。

如果要找一个大家字典上意义与价值相同的“时间”，我以为这几年来我们是用血的代价找得了一个了：这便是“空间换取时间”一语中的时间。虽然在极少数人的字典上，甚至连这一个“时间”也另有新解的。至于最近这“时间”竟也像摸黑起早者被嗤为不值钱，或是会不会弄到那些摸黑起早者的下场，那就请读者们去想一想罢，事有不忍言者，亦有未许详言者！呜呼，时间！

一九四四年七月十九日，敌犯怀远

一点回忆和感想

二十多年前有一个年青人因为人家说他“不觉悟”，气得三天没有吃饭。“不觉悟”算是最不名誉的一件事，每一个有志气的青年交朋友，谈恋爱，都要先看对方是不是觉悟了的。趣味相投的年青人见面谈不到三句话就要考问彼此的“人生观”；他们很干脆地看不起那些自认还“没有人生观”的人，虽然对于“人生观”这东西他们自己也还说不出个所以然来。

这在当时是一种风气；在当时，也就有些大人先生们看着不顺眼，嗤之为“浅薄”，在今天看来，也觉得不免“幼稚”，然而，何尝不是幼稚得可爱？罗丹的有名的雕像叫作“铜器时代”，我们那时的青年就好比是“铜器时代”；这是从长夜漫漫中骤然睁开眼来，闻所未闻，见所未见，惊异而狂喜，陡然认识了自身的价值，了解了自身的使命，焦灼地寻求侣伴，勇敢地跨出第一步，这样的义无旁顾，一往直前的精神状态，这正是古代哲人所咏叹的“朝闻道，夕死可矣”的精神，难道还不够伟大！

在那时，“觉悟”与“不觉悟”的，如同黑白一样分明。鄙夷权势，敝屣尊荣，不屑安闲，对于那些抱着臭老鼠而沾沾自满的家伙只觉得可怜，掉臂游行于稠人广座之中，旁若无人地发议论，白眼看天，意若曰："你们这一套值得什么，我有我的人生观！" 这是 "觉悟者" 的风格。诚然这不免是 "幼稚" 罢？然而何等可爱！事实上也正是这些 "幼稚" 的人们，冲锋陷阵，百炼成钢，在近二十年的中国历史上写下了光焰万丈的诗篇！

在那时，也有这样的青年：听他的议论，头头是道，看他的行事，世故深通，一则曰："这是应付环境"，再则曰："为了生活，不得不然"，真人面前说假话，放一个屁也要 "解释" 出一番道理来。你说他是 "罗亭" 么？他没有罗亭那样热情坦白；说他是 "阿 Q" 么？他比阿 Q 多些洋气，多会一套八股，多懂若干公式。而尤其不凡的，他会批评二十多年前的年青人：幼稚！当然，他是老练的；可是也老练得太可怕了！

在那时，明明是 "少爷出身" 的人，总想人家不当他是 "少爷"，忘记了他是 "少爷"，总想从自己身上抹去这 "少爷" 的痕迹。在今天，有些明明不是 "少爷" 或者当不成 "少爷" 了的，却总想给人家一个印象，他是世家子弟，他是百分之百的 "少爷"，好像他那一套漂亮的前进辞令唯有在 "本来是少爷" 的背景之前才更漂亮似的。

二十多年前的少女视涂朱抹粉为污辱，视华衣盛饰为桎梏；二十多年后，少女成为中年妇人了，可又视昔之以为 "污辱" 及 "桎梏" 者为美，为 "场面"，而且说起从前那样厌恶那些 "污辱" 和 "桎梏"，总带点忸怩，总自谦为 "幼稚"，若不胜其遗憾。而且还有理由："你看苏联女人也都浓妆艳抹！" 五年计划以前苏联女人的妆饰如何，当然不谈。《官场现形记》描写一位 "提倡俭朴" 的巡抚大人，属员们穿了整齐些的衣服来见他便要挨骂，结果是省城里旧衣铺的破烂官服价钱比新的还贵。二十多年前屏华饰而不御的那些女青年当然和这位巡抚大人在动机上大有差异；至多只能说那是 "幼稚"，然而这样的 "幼稚" 在今天的女青年群中可惜太少见了。

我想起这一切，真有点惘然。我并不愿意无条件拥护二十多年前那种 "幼稚"，然而我又觉得，和那时的 "幼稚" 一同来的坦白、天真、朴素、勇敢，正是今天若干极想“避免幼稚”的年青人所缺乏的。不怕幼稚，所可怕者，倒是这一点欠缺！

一九四五年“五四”前三日

狼

当苏联红军的铁锤准对着法西斯老窝加以最后一击的时候，我们所听到的最后一次的希特勒的狂嗥，是他自称是一条狼。

我觉得他一生之中也许就只有这一句话算得是老实话。在野兽之中，狼是最和法西斯恶棍相像的了。

狼是残酷的，但狼又很狡猾。

多年以来，早有许多事实揭示了法西斯狼的残忍，波兰境内许多大规模屠杀人民的“工场”，使用毒气，熬人油等等惨绝人寰的事实，一年以前，苏联方面早就有过详细的报道。可是“高贵的绅士们”似乎都还不大相信，直到本年三月后，英国的调查团看到了波亨瓦德集中营内的一切，发现了被剥掉皮的尸身，又发现了集中营司令的老婆将人皮装订书面或用作灯罩，这才相信“过去所听说的德方集中营内的种种暴行，实在并没夸张”，而善良的玛维斯·泰特夫人竟至于“周身战栗，脸色苍白，午饭也吃不下”了。千千万万条生命才换来了这一个认识，实在也太惨，但到底算是看明白了。恐怕只有狼的同族——狗，还想用花言巧语把这些罪恶来美化。

但是也还有人装作不懂得狼也很狡猾。世界闻名的童话早就把狼的狡猾编成了动人的故事。在不能以暴力取胜的时候，狼会化装成为善良的老婆婆，用亲热的声调哄骗不更事的小孩子。人民智慧之结晶的民间文学就这样形象化了狼的狡猾，所以现在即使是不更事的小孩子也都知道狼是十分狡猾的了。

法西斯狼正也打算依靠它的狡猾来逃避死亡。法西斯狼的狡计着眼在明天，也着眼在今天，它正在忙忙碌碌把“狼种”伪装成无数式样，千方百计地偷运到那些国外的“法西斯温床”，或者掩藏在德国内部。法西斯狼也使用苦肉计，将一些政治上的老狐狸，工业上的大亨，“搁浅”在盟军的占领区，希望保存它搏噬的爪牙；而最后一计则竟是法西斯特务头子希姆莱出面表演了向英美求和的滑稽戏（写这篇短文的时候，这一出戏还没收场呢！）。

法西斯狼是狡猾的，然而它的万一的希冀与其说是依靠在这些狡计的本身，倒不如说是依靠在世界上也还有人装作不懂得狼也是十分狡猾似的。可惜今天是一九四五年，不是一九三八年了，经过了六年的地狱生活而且终于靠自己的力量获得了解放的欧洲人民，再不是那么容易欺骗了！

老狼是只好剥皮楦草了，小狼们还来得及伪装罢？赶快丢开《我的奋斗》，捧起《圣经》，喃喃地念起“民主，民主”来。自然，念“民主”的嘴巴上，人血还没干呢，但在一心想找看家狗的人们看来，岂不十分可爱？

这些“可敬的绅士们”似乎忘记了老狼本是小狼长大的，而且在反噬豢养者之前，岂不也怪像一条看家狗么？

上文云云，还是四月底看报所感，写完以后，本想寄给一个朋友所办的刊物，了却一笔文债；不料老天连下了两天雨，小河水涨，石梁淹没，而要寄信则非过河不可。待及水退，欧洲局势则已有变。希姆莱的“滑稽戏”终于在“伯纳杜特伯爵”扭扭捏捏姿态中闭了幕，跟着上场的是什么海军上将邓尼兹了。这也是一条老狼，开场白便是“希特勒业已战死”，而且公然命令德军道：“对西方盟军放下武器，对东方苏军拼命作战！”接着又是“单独向英美盟军投降”的一出戏。阴险毒辣可谓登峰造极，然而卑劣无耻也不是人们想象得到的。

当然，法西斯狼这最后一计，也不是毫无所见。目无民众的人看到别人国家里也只见有那一批“同气相投”的大亨，而大亨们确也颇能心心相印，开始相顾而笑，并且努力想造成一种印象，好像那继承希特勒的邓尼兹确是一向专管念佛，他那馋吻的人血早已干的连痕迹也没有了。可惜天下事未能尽如“狼”意。民主国家里有民众，而民众也不糊涂；反苏这法宝今天祭起来已经不灵了。“东拼西让”阴谋的收获如何，只看五月八日“德国无条件投降”在柏林签字，也就可以明白。

但法西斯狼狡计的精彩部分，我以为尚不在此。“东拼西让”政策并不自邓尼兹一文告开始，早在莱因之战就已“忠实”地执行了。而所以终无结果者，原因在于今天没有任何东西能够阻挡红军的雷霆万钧的打击！自从斯大林城战役以后，法西斯狼在东线天天在拼，然而始终拼不过，这有什么办法？所以“东拼西让”政策的作用，表面上是军事的，骨子里却是政治的。鲁尔区的工业是保下来了，自然，克里米亚会议所决定的分区共管（占领）德国，大概是一定会被执行的，但在法西斯看来，这还不是“寄之外府”么？法西斯政治的军事的金融的工业的巨头们都陆续在“西让”地带中被发现，被“俘”了；当然这些法西斯头目们有理由自信这就完全保险了。西方盟军有些将领用“友好敌人”的态度对待降将降卒，大罪犯戈林被“俘”时还和捕他的将军握手，艾帅不得不发文告指斥这些行为与他意旨相反，希姆莱的躲藏地点据说在英第二军防区之内，这特务头子据说还带着不少党卫军，而报上又传“停战”后投降的二三百万德军将被释放回他们的“祖国”；——这一切，难道不是“西让”政策政治上的收获？而这，不过仅是今天透露出来的一个开端而已！

可见今日之下甚至也还有人想把老狼们也保留下来。这些“可敬的人们”想得一条看家狗实在想得快发疯了。而昨日还在啃人骨头的狼们也在指天发誓，从此改心做乖乖的看家狗。一个要，一个情愿，事情大可圆满，所可惜者，并不需要看家狗而且创痛犹深的欧洲的被蹂躏国家的人民，不肯再做血祭的牺牲品了！路透社报告最近法国市选举的结果，劈头一句话就是“法国在向左转”！惊讶之情，跃然纸面。法西斯狼们当然指望这是他们再被纵容的政治资本，而一心想得看家狗者当然更觉得看家狗之物色实不容缓。可怜这些短视的先生们竟始终不悟：只因你们一心想把狼们当作看家狗，所以欧洲人民不得不“左倾”起来！六年来血淋淋的事实教训了欧洲人民，防止狼祸的方法，只有左一点，在有人存着幻想豢养狼的时候，更只有左一点。欧洲人民大概也看得明白：即使“左”到像苏联似的，又有什么坏处呢？当希特勒疯狂乱噬，不可一世的时候，能够给以迎头痛击的，就只有苏联呵！

如果以为上面的话不免有左袒之处，那还可以请看一个小小的记载。这是英国广播公司记者罗拔·雷特所描写的一个德国挺进队上校的“优美”生活：

> 这一个德国家庭，墙上挂的，有俾斯麦、兴登堡、和希特勒的照片，还有德国装甲部队在法国公路上辗过法国士兵尸体的画片，还有挪威、苏联、波兰的风景人物油画；这位上校显然旅行过许多地方了。
>
> 他的书架上，非常普鲁士化，有非常多的军事书籍。书架边上的装饰品是一个臼炮弹。还有一个飞机炮弹，上校拿来当作镇纸的。
>
> 而上校显然又是一位纨绔子；有一口大衣橱，好几只衣箱，有最漂亮的制服，大衣，镶银的皮带和羊皮手套。
>
> 在一个孩子们的卧室里，墙上贴的全是德国的空军英雄的相片，每有空隙的地方，便挂着一柄纳粹的宝剑。孩子们的玩具实在巧妙，大都是德国坦克、装甲车和大炮。这些大炮是可以射击的，正和他们的爸爸以及爸爸的朋友们所用的真炮一样。还有孩子们玩的棋，棋子是飞机和军舰，棋盘上的边界就是英吉利海峡，名之曰“向英国进攻”。孩子们知道他们的爸爸没有渡过海峡，而

这将是他们将来的责任。

这就是法西斯恶棍如何教育他们的孩子。

这就是法西斯小孩们所受的教育。他们念念不忘英吉利海峡，而也还有发昏了的人痴心妄想收养这些小孩们连同他们的爸爸们做看家狗呢！

一九四五年六月，重庆

森林中的绅士

据说北美洲的森林中有一种“得天独厚”的野兽，这就是豪猪，这是“森林中的绅士”！

这是在头部，背部，尾巴上，都长着钢针似的刺毛的四足兽，所谓“绅士相处，应如豪猪与豪猪，中间保持相当的距离”，就因为太靠近了彼此都没有好处。不过豪猪的刺还是有形的，绅士之刺则无形，有形则长短有定，要保持相当的距离总比无形者好办些，而这也是摹仿豪猪的绅士们“青出于蓝”的地方。

但豪猪的“绅士风度”之可贵，尚不在那一身的钢针似的刺毛。它是矮胖胖的，一张方正而持重的面孔，老是踱着方步，不慌不忙。它的潇洒悠闲，实在也到了殊堪钦佩的地步：可以在一些滋味不坏的灌木丛中玩上一个整天，很有教养似的边走边哼，逍遥自得，无所用心，宛然是一位乐天派。它不喜群的生活，但也并非完全孤独，由此可见它在“待人接物”上多么有分寸。

若非万不得已，它决不旅行，整年整季，它的活动范围不出三四里地。一连几星期，它只在三四棵树上爬来爬去；它躺在树枝间，从容自在地啃着树皮，啃得倦了，就打个瞌睡；要是睡中一个不小心倒栽下来，那也不要紧，它那件特别的长毛大衣会保护它的尊躯。

它也不怕跌落水里去，它全身的二万刺毛都是中空的，它好比穿了件救生衣，一到水里，自会浮起来的。

而这些空心针似的刺毛又是绝妙的自卫武器，别的野兽身上要是刺进了几十枚这样的空心针，当然会有性命之忧，因为这些空心针是角质的，刺进了温湿的肌肉，立刻就会发胀，而且针上又遍布了倒钩，倒钩也跟着胀大，倒钩的斜度会使得那针愈陷愈深。因此，遇到外来的攻击时，豪猪的战术是等在那里“挨打”，让敌人自己碰伤，知难而退。因为它那些刺毛只要轻轻一碰就会掉落，而又因其尖利非凡，故一碰之下未有不刺进皮肉的。

然而具有这样头等的自卫武器的它，却有老大的弱点：肚皮底下没刺毛，这是不设防地带，小小的老鼠只要能够设法钻到豪猪的肚皮底下，就是胜利者了。但尤其脆弱者，是豪猪的鼻子。一根棍子在这鼻尖上轻轻敲一下，就是致命的。这些弱点，豪猪自己知道得很清楚；所以遇到敌人的时候，它就把脑袋塞在一根木头下面，这样先保护好它那脆弱的鼻子，然后四脚收拢，平伏地面，掩蔽它那不设防的腹部，末了，就耸起浑身的刺毛，摆好了“挨打”的姿势。当然，它还有一根不太长然而也还强壮有力的尾巴（和它身长比较，约为五与一之比），真是一根狼牙棒，它可以左右挥动，敌人要是挨着一下，大概受不住；可是这根尾巴的挥动因为缺乏一双眼睛来指示目标，也只是守势防御而已。

敌人也许很狡猾，并不进攻，却悄悄地守在旁边静候机会，那时候，豪猪不能不改变战术了。它从掩蔽部抽出了鼻子，拼命低着头（还是为的保护鼻子），倒退着走，同时猛烈挥动尾巴，这样“背进”到了最近一棵树，它就笨拙地往上爬，爬到了相当高度，自觉已无危险，便又安安逸逸躺在那里啃起嫩枝来，好像根本没有发生过什么事情似的。

这真是典型的绅士式的“镇静”。的的确确，它的一切生活方式——连它的战术在内，都是典型的绅士式的。但正像我们的可敬的绅士们尽管“得天独厚”，优游自在，却也常常要无病呻吟一样，豪猪也喜欢这调门。好好地它会忽然发出了声音摇曳而凄凉的哀号，单听那声音，你以为这位“森林中的绅士”一定是碰到绝大的危险，性命就在顷刻间了；然而不然。它这时安安逸逸坐在树梢上，方正而持重的脸部照常一点表情也没有，可是它独自在哀啼，往往持续至一小时之久，它这样无病而呻吟是玩玩的。

据说向来盛产豪猪的安地郎达克山脉，现在也很少看见豪猪了，以至美国地方政府不得不用法令来保护它了。为什么这样“得天独厚”，具有这样巧妙自卫武器的豪猪会渐有绝种之忧呢？是不是它那种太懒散而悠闲的生活方式使之然呢？还是因为它那“得天独厚”之处存在着绝大的矛盾——几乎无敌的刺毛以及毫无抵抗力的暴露着的鼻子——所以结果仍然于它不利呢？

我不打算在这里来下结论，可是我因此更觉得豪猪的“生活方式”叫人看了寒心。

一九四五年五月二十一日

上杂谈一则，昨日从一堆旧信件中检了出来。看篇末所记年月日，方才想起写这一则时的心情，惘然若有所失。当时写完以后何以又搁起来的原因，可再也追忆不得了。重读一过，觉得也还可以发表一下，姑以付《新文学》。

一九四五年十二月十四日记于无阳光室，重庆

作家和批评家

我们这里有一卷“卡通”，题目是“作家和批评家”。

这是在狭狭的高低不平的路上，这是在月儿已坠星儿已隐天亮前最黑暗的时光，这是牛鬼蛇神诪张为幻的最后一刹那。时代的巨轮飞快地向前进，进，人家一世纪的行程，在我们是要十年八年（或者还不到）就得赶上。我们这“卡通”的人物在此地此时登场。

作者之群和批评家之群中间有点小小口角！

作家们抱怨批评家们“不负责任”，只会唱高调，可是总说不出个所以然来叫作家佩服。作家方面有一个声音——这是唯一听得见的声音，这样愤愤然说：

“我们都是朝前走，朝光明走的人呀！可是你们只说我们落伍，却从没教给我们赶快跑上去，或者怎样跑的方法！老实说，你们这态度欠坦白！”

“从没教给么？没有的事！你自己畏首畏尾不肯下决心罢了。”

批评家也是同样的抱怨着。

“然而你说的路，我们看来走不通；你说的走路、赶路的方法，我们没有法子学，学了要跌跤！”

“要是你不存主观地看一看，就知道路是原来通的；要是你学着我们说的步法试走一下，就知道原来不会跌跤！”

“那么，不能单怪我们主观，不能单怪我们不学步法，实在是你们说得不明不白——你们从没很具体地说出个所以然来呀！”

“既然说明了还是一条路上走，那就好办了！我们来平心静气地讨论一下罢。”

朋友，恕我不能把那些字幕都抄出来了。总之，互相抱怨是无聊的，要互相帮助。但是（这个“但是”合于辩证法否，将来我们知道），因为作家大都是感情的，所以当一位批评家举出例来具体地批评时，作家又有点不愿意了。为的捏住了鼻子灌药，总也有点不舒服；被灌者即使知道明明是好药，总也不肯承认自己先有了毛病。

再来一点废话——

东家的李四阿爹说：做批评家，是蛮惬意的；人家辛辛苦苦写成了作品，他舒舒服服地读，读过了说短论长，就是指导——这还不惬意么？

西家的张三先生另是一种话：批评家应该在前引路，不在前引而在后而鞭策，那就不好；且不说那是太不客气，是消极的办法，假使那鞭子下去的方向稍稍错了一点，作家一窜就上了岔路，那岂不是糟糕？

批评家听了只好苦笑。当然他不是“圣人”，哪能没有点点儿错！

所以，朋友，眼前实在难乎起为批评家。有人冤他蛮惬意，有人责备他不应该也有时说错；抱怨他说话不具体，又嗔怪他说得太有着落；要他指引路径，又嫌他引人往岔路上跑；有时怪他营养不足，有时又要他代作家想出题材来了。

这，仿佛是说：“既然你会指摘这不是，那又不对，就请你自己来动手罢！”

厨子要请吃客自己来做菜了！虽然批评家确不是吃客。真正的吃客是读者。

其实厨子应该引以为忧的，是做出菜来没有人领教而不是有人品评好坏。现在许多厨子望着人家开出来的菜单发怔，颠倒要请开单人自己动手，实在也难乎其为厨子了！

文艺上的菜单应该有哪些菜色——即所谓理想中的全席，好像大家也没说过不对；所以菜单早已定了，只待厨子们用心去做，不过厨子们单是用心也不够，还得配足原料。没有充足的原料，单用油盐酱，是一定不行的罢？批评家们只能指示原料的出产地，找当然还要厨子自己去找。

厨子因为在油锅边站得久了熏得够了，所以自家做出来的菜，究竟太甜呢或者太酸，未必能够清清楚楚辨味道。在这里，就不能不说那些在客厅拿着筷子等吃的人们的舌头比较灵些了。所以真正要菜好，还得厨子和吃客通力合作。

谨严第一

艺术巨匠的天禀，固非人人所能有，然而艺术巨匠的谨严，却是人人应当效法；狮子搏兔亦用全力——这一句成语，最足以说明艺术巨匠们之无往而不谨严，丝毫不肯随便。“学习鲁迅”，首先而且必要的，是学习他的谨严。从心细如发，产生笔大如椽，这是鲁迅先生每一篇文章的“创作过程”。

从文句上去学习他的谨严，尚可能；然而所得仅属皮毛。即使能有其犀利，必不能有其深湛。即或深湛近似矣，亦必不能有其隽永。为什么呢？因为他的犀利深湛隽永是对事对物观察得极透彻，剖解得极精微的结果；他无论什么不肯轻轻放过。

为了一种植物的译名，鲁迅先生肯费几天的工夫去查许多的书。要查的一本书手头没有，近处也借不到，他就写信给远地的朋友请他代查。他是这么“认真”！

有一位年青木刻家把人物的手刻反了，另一位画家（也许是木刻家）把浴在河里的牛弄成了黄牛，都是鲁迅先生给指了出来。无论对什么，他都“细心”！

认真与细心见于艺术形象的，是犀利、猛鸷、深湛、隽永；见于思想行事的，是疾恶如仇，是“一口咬住了不放”的韧性，是深入敌垒再杀出来的无畏的精神，是“打叭儿狗”的那种彻底，是教育青年从不倦怠那种热心。

治学、创作、治事、私生活——鲁迅先生给我们取法的，首先是“谨严”二字。这是人人应当学习而且能够学习的，只要他发心去学习。革命家、战士的德行，无非是认真而又细心。艺术家的德行，也无非是认真而又细心。才能的大小，固由天赋，然而从认真与细心，也可以造就一个人的才能。

“学习鲁迅”这句话如果实践起来，首先而且必要的，是在治学、治事、私生活——各方面，都认真而细心！这两句话，似乎平凡得很，然而要能严格能彻底，却需要不断地惕厉与反省。

谈我的研究

十一二岁时，也读《七侠五义》一类的书。对于侠客们所使用的“袖箭”，了不得的佩服。我不知道侠客们的“袖箭”是怎样一个制法。但是因为也把几本有图、线装、绝大的板框（有《二十五史》那样大）、连史纸印的什么《格致汇编》，时常翻翻，我就断定要制造“袖箭”，大概得用“弹簧”。于是买了铜丝，绕在铜笔套上，成功了一种“弹簧”。

“箭”是竹筷改造的。又物色到了一端有节的小竹管，先装进“弹簧”，再把“箭”按下去，手指捺住了“箭”头——放。

您自然想得到，结果并不好。箭是从竹管口吐出来的，不是“射”。于是想法改良。铜丝换粗，再换用铁丝，“箭”的重量减少，“弹簧”加长，……总之，很费了一番心血，然而终于没有成功。

过后两三年，我的热心转到了“化学”。并不是因为那时我的学校课程中有了“化学”了，而是因为读了一些侦探小说，看见犯人和侦探都用什么奇怪的毒药。那时我的动机或者是想学犯人多于想做侦探，因为那时我觉得我的仇人很多。

然而“化学”不像“袖箭”似的有了二百钱就能够实验的，所以我那时只能“纸上谈兵”，从什么《西药大全》或者别的那时候的“新法”书籍里去找满足。因为只是“纸上谈兵”，不久就丢开了。

我的儿童时代就点缀过这么两件事——说得上是被我真真热心“研究”过。这以后，离开了学校，又进了社会，差不多有十年光景，我没有那样热心地“研究”过什么。再后，因为职业上的需要，我也曾在某一时期把心力集注在某一事项——或者说是某一种“学问”罢，但是我自家明白，那是不过因为需要，万万不及小时对于“袖箭”和“化学”是真的热心。

最近七八年来，我在没有职业的状态下把写小说作为一种自由职业了。这一个“行业”，没有一点“研究”好像是难以继续干下去的，因而我不能不有一个“研究”的对象。这对象就是“人”！

第一次写了《幻灭》，是一九二七年的九月。那时因为一则“有闲”，二则并无别事可做，而适宜于造为小说的原料又积蓄得颇多。我应该说是“无意中”积蓄得颇多。因为那些原料之获得，并不是为了存心要写小说。事实上，当一九二六年秋我把以前因职业的需要而置备的一些书籍寄存在一位朋友家里的时候，我对他说：“也许以后我用不到了，但也许再没有我来用它们；此时谁也不知道。”那是我没有写小说的意思，就是以前有过，那时也丢得干干净净了。然而后来那些“无意中”积聚起来的原料用得差不多了，而成为我的一种职业的小说还不得不写，于是我就要特地去找材料。

我于是带了“要写小说”的目的去研究“人”。

“人”——是我写小说时的第一目标。我以为总得先有了“人”，然后一篇小说有处下手。不过一个“人”他在卧室里对待他的夫人是一种面目，在客厅里接见他的朋友亲戚又是一种面目，在写字间里见他的上司或下属又另有一种面目，他独自关在一间房里盘算心事的时候更有别人不大见得到的一种面目；因此要研究“人”便不能把他和其余的“人”分隔开来单独“研究”，不能像研究一张树叶子似的，可以从枝头摘下来带到书桌上，照样地描。“人”和“人”的关系，因而便成为研究“人”的时候的第一义了。

于是单有了“人”还不够，必得有“人”和“人”的关系；而且是“人”和“人”的关系成了一篇小说的主题，由此生发出“人”。而这些生发出来的“人”当然不能是平空的想。

我以为一个写小说的人如果要研究的话，就应是研究“人”。应不是“小说作法”之类。

“人”有了，“人”与“人”的关系也有了，问题就落到实际的写作。我想仍旧讲我自己罢。最初，我并不觉得这方面也不能单在书桌上研究。但是许多文学上的先例以及自己的经验都告诉我；如果要借书中“人”的嘴巴里很简单的两三句话把那“人”的典型的性格写出来，或是要使书中“人”嘴巴里说的确实是活人的话，那也仍得抛开了书桌上的推敲而向活人群中研究。

没有读过若干的前人的名著——并且是读得很入迷，而忽然写篇小说来，并且又写得很好的作家，大概世界上并不多罢。劳动阶级或农民出身的作家，虽然并没受过学校教育，可是在他从事文艺创作以前，大都先和前人的名著有过接触的。自然，世间也有未尝读过前人的名著而就能够写了好的作品的人，但是他即使没有受到前人的名著的影响，他大概总受到过民间的口头文学的影响；他从民间故事、歌谣等等民间的无名作家的集体作品（而这些作品经过长久时代的锻炼和增饰，具有高度的艺术价值），一定受到过很多的好处。赤手空拳毫无凭借的作家，事实上是不会有的。所以写小说的人倘使除了研究“人”而外还有什么应得研究的，就是前人的名著以及累代相传的民间文学。

我觉得我开始写小说时的凭借还是以前读过的一些外国小说。我读得很杂。英国方面，我最多读的，是狄更斯和司各特；法国的是大仲马和莫泊桑、左拉；俄国的是托尔斯泰和契诃夫；另外就是一些弱小民族的作家了。这几位作家的重要作品，我常常隔开多少时后拿来再读一遍。除了英国，其余各国的作品我都从英文的译本读的。记得我的《幻灭》发表了后，有一位批评家说我很受屠格涅夫的影响，我当时觉得很惊异，因为屠格涅夫我最读得少，他是不在我爱读之列。

为什么呢？我自己也不知道。高尔基以及新俄诸作家是最近才读起来的。高尔基的中篇《起码人》(Preman）我读了译为“Outcast”的一个英译本，也读了译为“Creatures Once Were Men”的一个英译本，我觉得倘使我能直接读原文，我一定还能读得入迷些罢。

就这两个英译本而言，我觉得前者胜于后者，但究竟何者为近于原文的风格，我不知道。

本国的旧小说中，我喜欢《水浒》和《儒林外史》。这也是最近的事。以前有一个时期，我相信旧小说对于我们完全无用。但是我仍旧怀疑这些旧小说对于我们的写作技术究竟有多少帮助。至于《红楼梦》，在我们过去的小说发展史上自然地位颇高，然而对于现在我们的用处会比《儒林外史》小得多了。如果有什么准备写小说的年青人要从我们旧小说堆里找点可以帮助他“艺术修养”的资料，那我就推荐《儒林外史》，再次，我倒也愿意推荐《海上花》——但这决不是暗示年青人去写跳舞场之类。

自然写的东西写过出版后就不愿意再去看。偶然再看了时，心里总发生了“这是我写的么？”的感想。刚脱稿不久的小说自然是记得清清楚楚的，夜里睡不着时回想起来，便想出毛病来了；但特别是夜里读着西洋名著读出了味的时候，更能回想出自家的毛病来。我以为一个人开始新写一篇的时候，最好能把他的旧作统统忘记；最好是每次都像是第一次动笔，努力把“已成的我”的势力摆脱。

文学与人生

今天讲的是文学与人生。中国人向来以为文学不是一般人所需要的。闲暇自得，风流自赏的人，才去讲文学。中国向来文学作品，诗、词、小说等都很多，不过讲文学是什么东西，文学讲的是什么问题的一类书籍却很少，讲怎样可以看文学书，怎样去批评文学等书籍也是很少。刘勰的《文心雕龙》可算是讲文学的专书了，但仔细看来，却也不是，因为他没有讲到文学是什么等等问题。他只把主观的见解替文学上各种体格下个定义。诗是什么，赋是什么，他只给了一个主观的定义，他并未分析研究作品。司空图的《诗品》也没讲“诗含的什么”这类的问题。从各方面看，文学作品很多，研究文学作品的论文却很少。因此，文学和别种方面，如哲学和语言文字学等，没有清楚的界限。谈文学的，大都在修词方面下批评，对于思想并不注意。至于文学和别种学问的关系，更没有说起。所以要讲本题，在中国向来的书里，差不多没有材料可以参考。现在只能先讲些西洋人对于文学的议论，再来讲中国向来的文学，与人生有没有关系。

西洋研究文学者有一句最普通的标语是：“文学是人生的反映(Reflection)。”人们怎样生活，社会怎样情形，文学就把那种种反映出来。譬如人生是个杯子，文学就是杯子在镜子里的影子。所以可说“文学的背景是社会的”。“背景”就是所从发的地方。譬如有一篇小说，讲一家人家先富后衰的情形，那么，我们就要问讲的是那一朝。如说是清朝乾隆的时候，那么，我们看他讲的话，究竟像乾隆时候的样子不像？要是像的，才算不错。上面的两句话，是很普通的。从这两句话上，大概可以知道文学是什么。固然，文学也有超乎人生的，也有讲理想世界的，那种文学，有的确也很好，不过都不是社会的。现在我们讲文学与人生的关系，单是说明“社会的”，还是不够，可以分下列的四项来说一说。

（一）人种。文学与人种，很有关系。人种不同，文学的情调也不同，哪一种人，有哪一种的文学，和他们有不同的皮肤、头发、眼睛等一样。大凡一个人种，总有他的特质，东方民族多含神秘性，因此，他们的文学也是超现实的。民族的性质，和文学也有关系。条顿人刻苦耐劳，并且有中庸的性质，他们的文学也如此，他们便是做爱情小说，说到苦痛的结果，总没有法国人那样的热烈。法国作家描写人物，写他们的感情，非常热烈。假如一个人心里烦闷，要喝些酒，在英人只稍饮一些啤酒，法人却必须饮烈性的白兰地。这英法两国人的譬喻，恰可以拿来当作比较。文学上这种不同之点是显然的。

（二）环境。我们住在这里，四面是什么。假设我们是松江人，松江的社会就是我们的环境。我有怎样的家庭，有怎样的几个朋友……都是我的环境。环境在文学上影响非常厉害。在上海的人，作品总提着上海的情形；从事革命的人，讲话总带着革命的气概；生在富贵人家的，虽热心于平民主义，有时不期然而然的有种公子气出来。一个时代有一个环境，就有那时代环境下的文学。环境本不是专限于物质的，当时的思想潮流，政治状况，风俗习惯，都是那时代的环境，著作家处处暗中受着他的环境的影响，决不能够脱离环境而独立。即使是探索宇宙之秘奥的神秘诗人，他的作品里可以和他的环境无涉——就是并不提起他的环境，但是他的作品的思想一定和他的大环境有关。即使是反乎他那时代的思潮的，仍旧是有关系，因为他的“反”，是受了当时思潮的刺戟，决不是凭空跳出来的。至于正面的例子，在文学史上简直不胜枚举。例如法国生了佐治申特等一批大文学家，他们见的是法国二次革命与复辟，所以描写的都是法国那时代环境下的人物。申特虽为了他的革命思想，逃到外国，可是他的作品，总离不掉法国那时代的色彩。举眼前的例：我们在上海，见的是电车、汽车，接触的可算大都是知识阶级，如写小说，断不能离了环境，去写山里或乡间的生活。英国诗人勃恩斯（Burns）的田园风景诗，现在人说他怎样好，怎样美丽，平静；十九世纪末，作家都写都会状况，有人说他们堕落；这都是环境使然。又如十九世纪末有许多德国人，厌了城市生活，去描写田园，但是他们的望乡心，一看便知。这就是反面的例。可见环境和文学，关系非常密切，不是在某种环境之下的，必不能写出那种环境；在那种环境之下的，必不能跳出了那种环境，去描写出别种来。有人说，中国近来的小说，范围太狭，道恋爱只及于中学的男女学生，讲家庭不过是普通琐屑的事，谈人道只有黄包车夫给人打等等。实在这不是中国人没有能力去做好些，这实在是现在的作家的环境如此，作家要写下等社会的生活，而他不过见黄包车夫给人打这类的事，他怎样能写别的？

（三）时代。这字或是译得不好。英文叫Epoch，连时代的思潮，社会情形等都包括在内。或者说时势，比较近些。我们现在大家都知道有“时代精神”这一句话。时代精神支配着政治、哲学、文学、美术等等，犹影之与形。各时代的作家所以各有不同的面目，是时代精神的缘故；同一时代的作家所以必有共同一致的倾向，也是时代精神的缘故。自然也有例外，但大体总是如此的。我们常听人说，两汉有两汉的文风，魏晋有魏晋的文风……就是因为两汉有两汉的时代精神，魏晋有魏晋的时代精神。近代西洋的文学是写实的，就因为近代的时代精神是科学的。科学的精神重在求真，故文艺亦以求真为唯一目的。科学家的态度重客观的观察，故文学也重客观的描写。因为求真，因为重客观的描写，故眼睛里看见的是怎样一个样子，就怎样写。又因为尊重个性，所以大家觉得尽是特别或不好，不可因怕人不理会，就不说。心里怎样想，口里就怎样说。老老实实，不可欺人。这是近世时代精神表见于文艺上的例子。

（四）作家的人格（Personality）。作家的人格，也甚重要。革命的人，一定做革命的文学，爱自然的，一定把自然融化在他的文学里，俄国托尔斯泰的人格，坚强特异，也在他的文学里表现出来。大文学家的作品，哪怕受时代环境的影响，总有他的人格融化在里头。法国法朗士（Anatole France）说："文学作品，严格地说，都是作家的自传。……"就是这个意思了。

以上是西洋人的议论，中国古来虽没有这种议论，但是我们看中国文学，也拿这四项做根据。第一，中国文学，都表示中国人的性情：不喜现实，谈玄，凡事折中。中国的小说，无论好的坏的，末后必有个大团圆：这是不走极端的证据。关于人种一条，可以说没有违背。第二，环境更当然。中国文学的环境，自然都是中国的家庭社会。第三，时代的关系在中国似乎不很分明。但仔细看，也有的。讲旧文学的人说：同是赋，两汉的与魏晋的不同；同是诗，初唐盛唐晚唐也不同。李义山的无论那一首诗，必不能放在初唐四杰的诗中。他们的诗，同是几个字缀成，同讲格律，只因时代不同，作品就迥然两样。《世说新语》的文字，在句法与文气上都与他书不同，《宋人语录》亦如此，与《水浒》不同，与《宣和遗事》又不同。这都可以说因为时代空气不同。非但思想不同，文气、格律也有不同。可见时代的影响，也很厉害。至于人格，真的作家，不是欺世盗名的，也有他们的人格在作品里。所以文学与人生的四项关系，在中国也不是例外了。

文学与人生简单的说明不过如此。从这里，我们得到一个教训，就是凡要研究文学，至少要有人种学的常识，至少要懂得这种文学作品产生时的环境，至少要了解这种文学作品产生时代的时代精神，并且要懂这种文学作品的主人翁的身世和心情。

文学与政治社会

醉心于“艺术独立”的人们，常常诟病文学上的功利主义；可是不幸也竟有和那些误解政治上功利主义的人一样，以为“功利”云者就是“金钱”或“利用”的代名词。这种误会已经很可怕了，尚有尤其可怕者：那就是因为误会的结果而把凡带些政治意味社会色彩的作品统统视为下品，视为毫无足取，甚至斥为有害于艺术的独立。

把艺术当作全然为某种目的而设，这一说大概现在也很少人坚信罢？文艺上的功利主义，初不待“艺术派”来做孤军的反对。再换一方面讲，功利的艺术观，诚然不对；要把带些政治意味与社会色彩的作品都赶出艺术之宫的门外，恐亦未为全对。更说不上能否阻碍艺术的独立。因为我们都知道：同样的意见，搁在创作家或批评家手里，各自用法不同，效果亦不同，创作家愈坚执己见，愈有益于艺术之多方面的发展，批评家愈坚执己见，愈弄狭了艺术的领域。

而且文学作品之所以要趋向于政治的或社会的，也不是漫无原因的；空言不如实证，我们且举几个现成的例。十九世纪的俄国文学岂不几乎都是政治的或社会的么？为什么呢？

克鲁泡特金说得好：第一，因为十九世纪的俄国人民是没有公开的政治生活和社会生活的；他们对于政治的和经济的意见，除却表现在文学里，便没有第二条路给他们走。第二，因为十九世纪俄国政治的腐败，社会的黑暗，达到了极点，俄国的作家大都身受其苦；因为亲身就受着腐败政治和黑暗社会的痛苦，所以更加要诅咒这政治这社会。所以浪漫的诗人普希金有时也要愤慨，而他的著作不能全然没有政治意义和社会色彩。这说的是俄国。

李特尔说全部的匈牙利文学史就是匈牙利的政治史；除了政治的社会的背景，匈牙利文学就没有背景。匈牙利文学这样畸形的——或许有人要说是畸形的呢！——发展，就是它的政治状况社会情形造成的。我们晓得，直到最近，匈牙利的政治史就是力争独立力争自由的血战史。政治独立是他们的知识阶级中人脑子里唯一的观念；政治上不独立的痛苦，使匈牙利人宁愿牺牲一切以购求独立。他们又和俄国的作家不同；俄国作家是受制于自己国内的政府，他们却是受制于异族。俄国作家不能畅所欲言，匈牙利作家很可以畅畅快快地说。所以匈牙利文学简直是借文学来做宣传民族革命的工具了。

我们再看近代的挪威文学；挪威自一八一四年从丹麦手中转到瑞典手中，一直到十九世纪末，他们的知识阶级无日不在要求政治上的独立。英国的哥斯说："挪威稍有价值的诗人，都是政论家。"即使大艺术家如易卜生和比昂游亦永不能忘情于政治，比昂游且是个著名的自由党。十九世纪末挪威的文人没有一个不热心政治问题社会问题的，就因为那时代的挪威人的全心灵都沉浸在政治独立这个问题里。然而一到一九〇五年挪威建为独立国，一九〇七年得到英法德各国的承认，文学的指针也就转移方向了，这不是更有力的证据足以证明文学之趋向于政治的，并非漫无原因的么？

我们再举近十年内的波希米亚文学为例；但凡略为看过近代波希米亚文学的人，一定觉得惊异，波希米亚的戏剧家何以如此之多？但是我们若再进一步，看看这个被损害的小民族所处的地位，便当恍然于"戏剧家甚多"的缘故了。因为处在奥国政府强压力之下，只有戏院是宣传民族革命的喉舌。波希米亚文人不但把政治思想放在文学作品里，并且还拣取了一种最宜于宣传政治思想的文学的体式咧！

我们再举一个可以代表一民族之全灵感的国民诗人为例；这就是保加利亚的伐佐夫了。伐佐夫是个梦想的诗人——据保加利亚现存批评家度茄诺伐所说——是个赞叹自然的诗人，然而他一生所著，以历史小说为最多，鼎鼎大名的《轭下》就是一部保加利亚争自由史；他把赞美自然的笔来描写革命军的战争，就因为他自己是热心于革命的人，是参预一八七五年革命战争的人。由此可知即使是梦想的赞叹自然的诗人，因了环境的影响，他的作品也会自然而然成为社会的与政治的。

我们上面说的，都足以证明文学之趋于政治的与社会的，不是漫无原因的；我们已经从事实上证明环境对于作家有极大的影响了，我们也从学理上承认人是社会的生物罢，那么，中国此后将兴的新文学果将何趋，自然是不言可喻咧。若有人以为这就是文艺的“堕落”，我只能佩服他的大胆，佩服他的师心自用而已！还有什么话可说呢？

自由创作与尊重个性

俄国的万雷萨夫作了一篇《什么是做文艺家必须的条件》，主张尊重自己的个性。中间有一段话：

> 还在不久的时候，俄国艺术界里有两种潮流互相争斗——就是“民众的艺术”和“纯粹的艺术”的争斗。有些人以为艺术应该服务当代的生活，描写它的缺点和窘状，着手向这个目的奋斗。有些人却反对，说这是政论家的事情，艺术是自己独立的，可以与“永远的珍贵”有关系，各种临时的现代的事情，可以舍弃不顾。

涅克拉索夫说，诗人引为羞的，是在忧愁的时代，盛唱海天的美，和恋人的亲昵。

自然，如果你正被周围的忧愁所包围，使你不能想起自然和恋人——你也不应该加以盛唱——即使你自己愿意，也有所不能呢。但是如果你在喜悦的时候瞭望着海景，如果和你的情人面颊相偎，而你不愿意用艺术的手段宣泄自己的情感，只因为“羞”的缘故，那么你必不是诗人了。

普希金却相反，他在诗里说：不为着生活的惊扰，不为着利欲，更不为着战斗，我们生来为着灵化，为着甜蜜的声音和祷词。

> 但是如果“生活的惊扰”或“战斗”激动你创作的反响，那么诗人怎么能够拒绝这种反响，只因为他仿佛不为着这个而生存的缘故呢？并且谁能知道他是为着什么生的呢？千古不磨的艺术的教师，古代的希腊人，完全没有这种艺术的限制……

万雷萨夫这段话，公允之至。我想凡是“真真具有”自由精神的人，必不反对他这一番议论。所谓自由创作，所谓尊重个性，其精义不外乎此！

依据这段议论，我们也可以知道若创作家明明看见“生活的惊扰”，明明被“周围的忧愁所包围”，而却欺骗说世界是太平，便也是自己欺骗自己，并想欺骗别人。没有勇气去正视“生活的惊扰”而自愿逃到“云里”的人们，我们当然不讥，但若这个人讳饰他自己的“逃”，反而“不食烟火气”似的混说些高至无极的话，表示非此不足以见自己品格之清超，那也大可不必罢？

我相信创造的自由该得尊重；但我尤其相信要尊重自己的创造自由，先须尊重别人的创造自由。所以在我看来，万雷萨夫的话，真是国内文学家的金箴！

中国文学内的性欲描写

一

中国文学在“载道”的信条下，和禁欲主义的礼教下，连描写男女间恋爱的作品都被视作不道德，更无论描写性欲的作品；这些书在被禁之列，实无足怪。但是尽管严禁，而性欲描写的作品却依然蔓生滋长，“蔚为大观”。并且不但在量的方面极多，即在质的方面，亦足推为世界各民族性欲文学的翘楚。这句话的意思请读者不要误会。我不是说中国文学内的描写性欲的作品可算是世界上最好的性欲文学，我是要说描写性欲而赤裸裸地专述性交的状态像中国所有者直可称为独步于古今中外。我诚然浅学，未尝多读西洋的小说，尤其是专写性欲的小说见的很少，但是赤裸裸地描写性欲的西洋小说为世所称者，如莫泊桑（Maupassant）的 Bel-ami（《漂亮朋友》）之类，其中虽有极碍目的篇章（此已为译者所不愿照译），然而方之中国小说内的性欲描写，尚不免类于小巫见大巫。莫泊桑的《一生》中也有几段性欲描写颇不雅驯，然而总还在情理之中，不如中国的性欲描写出乎情理之外。左拉（Zola）的小说内尝说浪子荡妇喜观“黄皮书”，意即为淫书；可是朋友告诉我，法国秘密发售的低等淫书，亦未有像中国的淫书专述性交状态。莫泊桑有许多短篇，淫荡已极，但对于性交却还是虚写，不像中国小说之实写。故就实写性交，甚至绘声绘影，仪态万方，如中国小说之所有者，浅陋如我，实未于其他各民族的文学中见过；这便是我们谈到中国性欲文学时首先觉得是奇怪的一件事。

为什么中国的性欲描写会进了这种“魔道”，自然是我们应当研究的，本篇所要论列的主要点，此亦其一，不过现在我们姑且搁开这一点，先来谈一谈中国性欲文学的大概面目。

就通例而观，性欲描写的文学大都是变态性欲的研究。但中国的性欲文学竟是例外。中国有许多写平常的才子佳人恋爱的故事里往往要嵌进一段性交的实写；其余以变态性欲为描写主题的小说，更是无往而非实写性交。所以若问中国性欲作品的大概面目是什么？有两句话可以包括净尽：一是色情狂，二是性交方法——所谓房术。所有中国小说内实写的性交，几乎无非性交方法。这些性交方法的描写，在文学上是没有一点价值的，他们本身就不是文学。不过在变态性欲的病理的研究上，却也有些用处。至于可称为文学的性欲描写，则除伪称伶玄作之《飞燕外传》与《西厢》中《酬简》一段外，恐怕再也没有了。所以着着实实讲来，我们没有性欲文学可供研究材料，我们只能研究中国文学中的性欲描写——只是一种描写，根本算不得文学。

二

现在所传的性欲小说——淫书，大都是明以后的作品；故中国性欲描写始盛于明代，是无疑的。但是我很疑西汉末已有许多描写性欲的文学出现，不过多不传于后世罢了。西汉诸王，大都淫乱，烝父姬，通姊妹，攘弟妇，诸如此类，史不绝书。菑川王终古甚且使所爱奴与八子（妾号）及诸御婢奸，终古或参与被席；或白昼使羸（裸体也）伏，犬马交接，终古亲临观；产子，辄曰“乱不可知”，使去其子。(《前汉书》三十八)这简直是很厉害的色情狂了。而成帝宫闱秽乱，亦复不能讳言。在此种环境内，性欲描写的作品的发生是可能的。今所传，有《飞燕外传》(旧题汉伶玄撰)，《赵后遗事》(旧题宋秦醇，言得自同里李生与《飞燕外传》大同小异)，《飞燕遗事》(阙名，共琐闻五则)，而尤以《飞燕外传》一篇为最著名，且文词亦较胜。此篇叙赵飞燕姊妹出身，得幸之原因，至成帝纵欲丧身而止。末有伶玄自叙，谓字子于，潞水人，由小吏，渐至淮南相；其妾樊通德为樊嫕弟子不周之子，能道飞燕姊妹故事，于是撰《赵后别传》。序末又称玄为河东都尉时，辱班彪之从父，故彪续史记不见收录(按今通行本无此序，此据《四库提要》所引)。两段文气不接，且亦不类自序口吻。所以很多人疑心序既假造，文亦伪作。然古来通人如晁公武颇信之；陈振孙虽有或云伪书之说，但又云通德拥髻等事(见自序中)，文士多用，而祸水灭火之语(见本文中)，司马公载之《通鉴》，则又为回护。平心而论，我们自然不能说伶玄之必有是人，与必作是文，但后世作伪者不拿别人作题材，而偏偏挑了一个正史上不算十分荒淫的汉成帝为题材(按《汉书·成帝纪》仅有沉湎酒色轻轻一句，《外戚传》亦唯记赵后姊妹妒杀后宫子而已)，则大有可疑；如果当时毫无关于飞燕姊妹淫佚的传说，则作伪者为何无中生有拉上个成帝与飞燕姊妹呢？因此，我们不妨假定西汉末年或许有不少的描写性欲的文章都是以飞燕姊妹作题材的(按《西京杂记》载飞燕事凡三则，皆见《外传》；《西京杂记》旧题葛洪撰，有洪跋称得刘歆《汉书》一百卷，取校班作，有小异同，其为班固所不取者，不过二万言，抄出为《西京杂记》云云。然《隋书·经籍志》载此书二卷，不著撰人姓名；《汉书》匡衡传颜师古注，称今有《西京杂记》者，出于里巷；亦不言作者为何人。《酉阳杂俎·广动植物》篇及张彦远《历代名画记》始言是葛洪撰，《杂俎语资》篇又载庾信语，谓是吴均所作。总而观之，此书传自晋世，出于里巷，盖传说之碎断者，云为葛洪作，或吴均作，皆依托也。然据此可见汉晋之间正多此种流传之故事。飞燕姊妹之事仅其题材之一)，后来有人纂集而成《飞燕外传》乃加以伶玄一名托为撰者。故《飞燕外传》一文虽在汉家历史上毫无价值，而在文学史上的价值却未便过于抹煞。又据晁公武语，及通德拥髻之事文士多用，二者而观，也可想见此文流传已久，恐系唐以前人所作。若问西汉末既有不少描写性欲的作品，何以今仅传飞燕故事，则解答亦甚易矣。第一，因性欲描写究是禁书，在雕版术已发明后，流传尚极困难，何况汉代并未有印刷，仅恃手抄。第二，中国小说自唐以前，皆为 Romance 体，凡百故事，皆假托一二历史人物以为主体；又因题材既集中，便生出（a）后人合并诸故事而加改作，与（b）趣味较浅的故事渐归消灭，两个结果。所以我们不便以今日所存之少而致疑于古时——当时——之未必多。

再就《飞燕外传》的内容而观，则此短文直可称为后世性欲小说的泉源，换言之，即后世的长篇性欲小说的意境大都是脱胎于《飞燕外传》的。《外传》言飞燕居家时与羽林射鸟者私通，既入宫召幸，其姑妹樊嫕故识飞燕与射鸟儿事，为之寒心——恐成帝窥破飞燕之已为妇人。及后既幸，流丹浃藉，嫕私语飞燕曰："射鸟者不近女耶？"飞燕曰："吾内视三日，肉肌盈实矣；帝体洪壮，创我甚焉。"这是后代性欲小说侈谈"采补术"的托始。《外传》又言："帝尝蚤猎，触雪得疾，阴缓弱不能壮发；每持昭仪（飞燕妹合德）足，不胜至欲，辄暴起。昭仪常转侧，帝不能长持其足。樊嫕谓昭仪曰：'上饵方士大丹，求盛大，不能得；得贵人足一持，畅动，此天与贵人大福，宁转侧俾帝就耶？'昭仪曰：'幸转侧不就，尚能留帝欲；亦如姊教帝持，则厌去矣，安能复动乎？'……帝病缓弱，大医万方不能救，求奇药，尝得春恤胶，遗昭仪。昭仪辄进帝，一丸一幸。一夕，昭仪醉，进七丸。帝昏夜拥昭仪，居九成帐，笑吃吃不绝，抵明，帝起御衣，阴精流输不禁。有顷，绝倒。裛衣视帝，余精出涌，沾污被内。须臾帝崩。"这又是后代性欲小说的种种春方淫器及脱阳而死的托始了。而金瓶梅写西门庆饮药逾量，脱阳而死的一节，竟仿佛是《外传》写成帝暴崩的注脚。《外传》写成帝窥昭仪浴，赂侍迫使无得言；又谓后（飞燕）浴五蕴七香汤，踞通香沉水坐，潦降神百蕴香，昭仪仅浴豆蔻汤，傅露华百英粉；然帝私谓樊嬺曰："后虽有异香，不若婕好体自香也。"《赵后遗事》写此事更为淫艳："昭仪方浴，帝私窥之，侍者报昭仪，昭仪急趋烛后避，帝瞥见之，心愈眩惑。他日昭仪浴，帝默赐侍者，特令不言；帝自屏罅觇，兰汤滟滟，昭仪坐其中，若三尺寒泉浸明玉。帝意思飞扬，若无所主……后知昭仪以浴益宠幸，乃具汤浴，请帝以观。既往，后入浴，裸体而立，以水沃之。后愈亲近，而帝愈不乐，不幸而去。"这一段简单的描写，显然也给了后人许多暗示。《赵后遗事》一书，据《说郛》本，题宋秦醇传，有小序曰："余里中有李生，世习儒术而业甚贫。余尝过其家，墙角一破筐，藏古抄书数十册，中有《赵氏琐事》，虽纸墨脱落，尚可观览；余就李生乞之以归，补正编次成篇，传诸好事者。"这些话自然未便遽认作真，恐此《遗事》即为秦醇所作而假托李生所有旧钞；果真如此，则《遗事》当亦为摹仿《外传》而作，或竟为根据另一种关于飞燕的传说；并可证明古老的《外传》正堪称为性欲文学的始祖了。

三

《晋书》谓惠帝后贾氏名南风，荒淫放恣。洛南有小吏端丽美容止，一日忽逢一老妪，说家有疾病，师卜云宜得城南少年厌之，欲暂相烦，必有重报。于是随去，上车下帷，纳簏箱中，行十余里，过六七门限，开簏箱，忽见楼阙好屋，问此何处，云是天上；即以香汤见浴，好衣美食。将入，见一妇人，年可三十五六，短形青黑色，眉后有痣；见留数夕，临赠以衣饰甚多。后小吏稍炫其衣饰，众疑是盗窃，小吏具言其遇。闻者多知妇人即贾后也。时他人入者多死，唯此小吏，以后爱之，得全而出。据这段记述，可见贾后的荒淫又别开生面。然而后世性欲文学内竟不见描写贾后的淫艳故事。此层似乎可怪。最简便的说明即因迭遭丧乱而亡佚，但根本的原因，决不在此。我以为根本的原因乃在后世文人不喜欢将短黑有痣的贾南风作为香艳的性欲小说的主人公。“淫书”里的女主人公必为美人，几乎已成中国性欲文学的定例。贾后丑黑，故不能感发许多文人为她特造故事；不然，设密室，猎取美男子，以恣淫乐，正是性欲文学的好材料，后世的性欲描写者安肯割爱？

反之，因为隋炀帝后宫多佳丽，武则天、杨太真乃绝世美人，于是后世就流传了许多关于他们的故事。据历史看来，武则天的淫佚未必过于吕雉，然而后人不把吕雉来做性欲描写的材料，而独取武曌（袁枚所传的《控鹤监记》乃出枚伪造），大概也为的吕雉不是个绝色美人罢。

至于隋炀的故事，旧有《大业拾遗记》，《迷楼记》，《海山记》等。《大业拾遗记》一名《南部烟花录》，旧题唐颜师古撰，末有跋语，称会昌中僧志彻得之瓦棺寺阁，本名《南部烟花录》云云。姚宽以为《唐艺文志》所载《烟花录》记幸广陵事，此本已亡，故流俗伪作此书（《西溪丛话》）。《迷楼记》及《海山记》不著撰人名氏，明人妄增为韩偓撰。然刘斧《青琐高议》并载此二文，可信为北宋人作。《海山记》述炀帝西苑事，所录炀帝诸歌——《望江南调》，乃唐李德裕所始作，大业中无此体；是其作伪之迹，已显然可见。《迷楼记》谓大夫何稠进御童女车，“车之制度绝小，只容一人，有机处于其中，以机碍女之手足，女纤毫不能动。帝以处女试之，极喜”。又谓稠复进转关车，“车周挽之，可以升楼阁，如行平地；车中御女，则自摇动”。又谓炀帝得乌铜屏，环于寝所，而御女于其中，纤毫皆入鉴中。又谓“大业八年，方士进大丹，帝服之，荡思愈不可制，日夕御女数十人”。凡此七段，皆写极端的色情狂，虽甚简略，已足为此后作《隋炀艳史》者的暗示。

我们如果假定《飞燕外传》一类的性欲小说出在前，而《迷楼记》在后，则二者不同之点，亦颇堪注意。《飞燕外传》有两个根本思想，一为采补术，一为春方壮阳而至丧身。

至于描写性交本身，未有特异之处。但《迷楼记》中所记，如御童女车，转关车，乌铜屏取影等，都是新颖的性交本身的描写。盖因仅仅采补术与春方二事，在描写上颇嫌单薄，故进而描写“房术”。此在性交描写上不能不说是进步，但从此转入恶魔道，完全丧失了文学的价值了。

唐人创作言情的传奇小说，极委宛动人，而描写性欲的作品却很少。现代人叶德辉所刊书中有《天地阴阳交欢大乐赋》，云是白行简所撰，得之敦煌县鸣沙山石室唐人抄本。此赋专写性交之乐趣，故曰大乐；首写新婚之夕，次写夫妇四时之乐，后则杂写“婉娩姝姬，轻盈爱妾”，“明窗之下，白昼迁延”，及偷情野合，甚至变态性欲的“男风”，都描写得淋漓尽致，极类《金瓶梅》中的文字。此赋若真出白行简手，倒是研究唐代性欲描写文字的重要材料；但是我很疑叶氏的话，未必可靠。而叶氏跋谓“注（原注）引《洞玄子》，《素女经》，皆唐以前古书，……于此益证两书之异出同原，信非后人所能伪造，而在唐宋时，此等房中书流传士大夫之口之文，殊不足怪”。竟专以此赋证明《洞玄子》，《素女经》（按此二书，本刻在叶氏《观古堂丛书》中，近又辑刊于《医心方》中，虽托古籍，实为伪作）之非伪，尤叫人犯疑。考白行简是白居易弟，字知退，贞元末进士，事迹附见《白居易传》。行简有集二十卷，今已不存；其他文字，有《李娃传》见于《太平广记》（卷四百八十四），《三梦记》见《说郛》，风格意境都与《大乐赋》不类。《李娃传》言荥阳巨族之子奉父命入都应试，游于倡女李娃，贫病困顿，至流落为挽郎，复为父侦知，挞之几死而弃于路旁。既而创伤溃烂，同辈患之，复弃之；幸得不死，行乞都中。后大雪夜，至一宅乞食，宅即李娃新居，见而怜之，乃回心相受，勉之学，遂擢第，官成都府参军。其中毫无性欲描写，事迹曲折而动人同情，极缠绵可观，足称为言情佳作。所以，要说作《李娃传》的人同时会忽然色情狂起来，作一篇《大乐赋》，无论如何是不合情理的。至于《三梦记》述三人之梦，幻异可喜，非但没有一毫色情狂的气味，更与性欲无关。昔杨慎伪造《杂事秘辛》，袁枚假托《控鹤监记》，则《大乐赋》正同此类而已。

四

据上所述，足知宋以前性欲小说大都以历史人物（帝皇）为中心，必托附史乘，尚不敢直接描写日常人生，这也是处在礼教的严网下不得已的防躲法。而一般小说之尚未脱离 Romance（即专以帝皇及武侠士为题材的小说）的形式亦为原因之一。直至《金瓶梅》出世，方开了一条新路。

《金瓶梅》于明代万历庚戌（一六一〇年）始有刻本，作者不知何人；相传谓是王世贞，则因沈德符《野获编》云出嘉靖间大名士手，故世人拟为王世贞；或谓乃王之门人所作（谢颐序）。此书描写世情，极为深刻，尤多赤裸裸的性欲描写。《飞燕外传》与《迷楼记》等皆为文言作品，《金瓶梅》乃用白话作，故描写性欲之处，更加露骨耸听。全书一百回，描写性交者居十之六七——既多且极变化，实可称为集性交描写之大成。全书事实，假《水浒传》的西门庆为线索。故事的开端即为西门庆私通潘金莲，鸩死武大，占金莲为妾。后武松来报仇，寻西门庆不获，误杀李外傅，刺配孟州；西门庆由此益放恣。有李瓶儿者，其夫花子虚故与西门庆相识，家资富有；西门庆阴使党羽勾花子虚嫖娼，而自与李瓶儿私通。

后花子虚以虚症死，瓶儿遂挟家产归西门庆为妾。西门庆又娶孀妇孟玉楼，亦有私财甚多。因此西门庆愈纵欲无度。复得胡僧春药，淫心益炽；家奴颇有姿色者，无不私通。潘金莲因善媚，尤得宠。一夕，西门庆醉归，金莲以胡僧春药七丸进之，狂荡竟夕，西门庆竟脱阳而死。从此西门庆家一天一天地败落。潘金莲及其婢春梅与庆婿陈敬济私通，事发被斥卖；李娇儿、孟玉楼等亦下堂求去。庆妻吴月娘后带儿子孝哥避金兵，欲奔济南，路遇普净和尚，引至永福寺，以因果现梦化之，孝哥遂出家。

《金瓶梅》出世后，就有许多人摹仿。万历时有名《玉娇李》者，云亦出《金瓶梅》作者之手。此书今已失传，沈德符曾见首卷，谓“秽黩百端，背伦蔑理……然笔锋恣横酣畅，似尤胜《金瓶梅》”。至于书中故事，则托为因果报应，与《金瓶梅》中人物相呼应。又有《续金瓶梅》，题“紫阳道人编”，实出清初山东丁耀亢手。全书命意与《玉娇李》仿佛，亦述《金瓶梅》中人物转生为男女，各食孽报。描写性欲，亦仿《金瓶梅》，然而笔力不逮。

何以性欲小说盛于明代？这也有它的社会的背景。明自成化后，朝野竞谈“房术”，恬不为耻。方士献房中术而骤贵，为世人所欣慕。嘉靖间，陶仲文进红铅得幸，官至特进光禄大夫柱国少师少傅少保礼部尚书恭诚伯。甚至以进士起家的盛端明及顾可学也皆藉“春方”——秋石方——才得做了大官。既然有靠房术与春方而得富贵的，自然便成了社会的风尚；社会上既有这种风气，文学里自然会反映出来。《金瓶梅》等书，主意在描写世情，刻画颓俗，与《漂亮朋友》相类；其中色情狂的性欲描写只是受了时代风气的影响，不足为怪，且不可专注重此点以评《金瓶梅》。然而后世摹仿《金瓶梅》的末流作者，不能观察人生，尽其情伪，以成巨著，反而专注意于性交描写，甚至薄物小册，自始至终，无非性交，这真是走入了恶魔道，恐非《金瓶梅》作者始料所及了。这一类小书，在印刷术昌明的今日，流传于市井甚盛；他们当然不配称为性欲描写的文学，并且亦不足为变态性欲研究者的材料。其中有《肉蒲团》一书，意境稍胜，其宗旨在唤醒世人斩绝爱欲，所谓“须从《肉蒲团》上参悟出来，方有实济”，所以特地描写淫亵之事，引人入胜，而后下当头棒喝。

但是此书不多的篇幅仍旧自始至终几乎全是描写性交，不曾于性交之外，另写社会现象；这便是一个极大的缺点，很减低了它的价值的。

五

在中国的性欲小说里，很显明地表现出几种怪异的特点：一是根原于原始人的生殖器崇拜思想的采补术。原始人不明白生殖机能的科学的意义，看见两性交媾而能生子，觉得是神秘不可思议的怪事，因而对于生殖器有一种神奇的迷信；这在原始时代并不为奇；但是中国却在文化昌明以后，还保存着这种原始思想，且又神而明之，造成了“采补术”的荒谬观念。所谓黄帝御千女而得仙去等等谰言，遂成为采补术的历史的根据。几乎中国历史里无一时代没有这等采补术的妖言在社会上或明或暗地流传。汉唐明的方士就是采补术的创造者与宣传者。他们不明白性交的生理的作用，以为男女的精液是一种最神奇的宝贝，妄想在性交时吸取对方的精液以自滋补，甚至可以长生不老；他们——方士们，造作这些妖言，一半固在衒世欺人，而一半亦正自欺。但采补术还带有神秘性，传授者难掩其伪，学习者苦于渺茫无速效；于是有依据了采补术的原理，想直接应用男女的精液的邪说出来。《野叟曝言》中谓李又全饮男子精液后即能壮阳纵欲，明代方士以处女月经炼红铅，都是例证。此可名为采补术的平凡化。然而愈加丑恶不近情理了。大概在古代的性欲小说内，多写左道的神秘的采补术，而在近代的性欲小说内却只有饮人精液一类的平凡的采补术了。

二是色情狂——几乎每一段性欲描写都是带着色情狂的气氛的。色情狂的病态本非一种，而在中国性欲小说内所习见的是那男子在性交以使女性感到痛苦为愉快的一种。《金瓶梅》写西门庆喜于性交时在女子身上“烧香”，以为愉快。而最蕴藉的性欲描写，也往往说到女性的痛苦，衬出男性的愉快。

三是果报主义。描写极秽亵的事，偏要顶了块极堂皇的招牌——劝善；并且一定是迷信的果报主义。好淫者必得奇祸，是一切性欲小说的信条——不问作者是否出于诚意。为了要使人知道“好淫者必得奇祸”而作性欲描写的小说，自然是一桩有意义的事。但是不使淫者受到社会的或法律的制裁，而以“果报”为惩戒，却是不妥。因为果报主义托根于迷信鬼神，一旦迷信不足束缚人心，果报主义就失了效用。那时候，劝善的书反成了诱恶。

上举三项，勉强可以包括中国性欲小说的一般面目了。就我所知，这三者确可算是中国性欲小说特具的特点。色情狂的描写，固然在各国性欲文学内多常见之，然如中国性欲小说之无往而非色情狂——无色情狂即无性欲描写——却也是独特的。至于采补术与果报主义，不用说，可称为“国粹”。

又如绘声绘影的性交描写则我已说过，竟是中国的特产。

所以我们不能不说中国文学内的性欲描写是自始就走进了恶魔道，使中国没有正当的性欲描写的文学。我们要知道性欲描写的目的在表现病的性欲——这是一种社会的心理的病，是值得研究的。要表现病的性欲，并不必多描写性交，尤不该描写“房术”。不幸中国的小说家却错认描写“房术”是性欲描写的唯一方法，又加以自古以来方士们采补术的妖言，弥漫于社会，结果遂产生了现有的性欲小说。无论如何抬出劝善的招牌，给以描写世情的解释，叫人家不当他们是淫书，然而这些粗鲁的露骨的性交描写是只能引人到不正当的性的观念上，决不能启发一毫文学意味的。在这一点上，我们觉得中国社会内流行的不健全的性观念，实在应该是那些性欲小说负责的。而中国之所以会发生那样的性欲小说，凭原因亦不外乎：（一）禁欲主义的反动。（二）性教育的不发达。后者尤为根本原因。历来好房术的帝皇推波助澜所造成的恶风气，如明末，亦无非是性教育不讲究的社会内的必然现象罢了。

致文学青年

做这篇文章的人，也是常常欢喜就文学方面发表些意见，并且常常自以为血管中尚留存着青年的情热，常常还有些“狂戆”的举动。以这“资格”——如果你说这也算是“资格”，敢对青年们之爱好文艺或志愿文艺者说几句话。

任何人都有爱好文艺的性习。一个推小车的苦力，如果他的经济情形许可，在劳役之后到茶馆里去听《水浒》，或是到游戏场内去看“笃笃班”，便是他的爱好文艺的性习的表现。乡间社戏，草台前挤满了焦脸黄泥腿的农村劳动者，在他们的额上皱纹的一舒展间，也便表现出他们的爱好文艺的性习。自然，你很可以说茶馆里的说书者，游戏场内的绍兴“笃笃班”，乡间农忙后的神戏一台，都是趣味低劣，都不合于咱们现在所谓“文艺”的条件，但是请不要忘记，这并不是因为他们（推小车的苦力，乡村的劳农，等等）天生成了只有低劣趣味的爱好文艺的性习，而是因为他们并不像你和我一样是少爷出身，受过文化的教养，生活在“高贵的”趣味中，并且社会所供给的能够适合于他们经济状况的娱乐（就是他们还能够勉强负担的娱乐费），也只有那样趣味低劣的货色。除了这因为经济条件而生的差别以外，他们在听《水浒》，看“笃笃班”时所表现的爱好文艺的性习并不和你们看

“高贵”趣味的文艺作品时的爱好文艺的性习有什么本质上的差别。

再进一层言，他们是一般的对于文艺作品（你不要笑，请暂时为说述方便计，把文艺作品这头衔借给茶馆的说书，游戏场内的“笃笃班”等等一类罢）的态度很严肃。他们上书场，听“笃笃班”，看社戏，并非完全为了娱乐，为了消遣，他们是下意识地怀着一个目的——要理解他们所感得奇怪的人生及其究极，他们常常有勇敢的批评的精神（再请你不要笑，我们把庄严的“批评”这术语，也慷慨一下罢）。从前有一本笔记小说记述扮演曹操的戏子被看戏的农民当场用斧砍杀，便可以说明他们有勇敢的批评的精神，他们把戏文当作真实的人生来认识，他们看戏时的态度异常严肃。这种严肃的态度，勇敢的批评的精神，便是爱好文艺的性习之最健全的活动。反之，把文艺作品当作消遣，当作“借酒浇愁”，当作只是舞台上纸面上的离合悲欢，那便是爱好文艺的性习之十足的病态的表现，那也只有少爷出身，受过文化的教养，生活在高贵的趣味中的人们才会有这病态。

所以，我再说一遍，任何人都有爱好文艺的性习。青年的你们，在这危疑震撼的时代，社会层处处露出罅裂，人生观要求改造的时代，爱好文艺，自是理之必然。我并不以为青年爱好文艺，便是青年感情浮动的征象，我更不以为青年爱好文艺便是青年缺乏科学头脑的征象。是的，我们不应该笼统地反对青年们之爱好文学，我们应该反对的，是青年们中间尚犹不免的对于文学的病态——没有严肃的态度和批评的精神。我们尤其不能不反对的，是把“爱好文艺”当作个人的“志向”！曾听说某地中学入学试验中有“试各言尔志”那样意义的题目，结果有许多答案是“爱好文艺”。这显然是把“爱好文艺”的意义误解了。爱好文艺是人类的本能，（这里所用文艺二字是广义的），自原始人即已然。如里说一个人“志在文艺”，那就是另一件事了。我们自然不赞成现代青年都“志在文艺”，同时我们也反对抑制人类的爱好文艺的本能。问题是：第一，千万不要把“爱好文艺”误为个人的“立志”；第二，即使是有意识地要“立志”在文艺，也不可以随随便便就“立”。

这里，就到了又一句常常接触着我们的耳朵的青年们常有的问话：怎样研究文学？这问句的意义就表示问者已经“立志”研究文艺，故而来询问方法了。“立志”总是可嘉的，但“志”在某事件的先决条件是对于某事件先须有一个充分的知识，不然，就是随随便便的“立”，不幸我们在“怎样研究文学”的发问中很可以嗅得出随随便便的“立”。

“研究文学”一语，现在常被含糊地使用。这结果便是青年们对于文学的“志”随随便便地“立”。应该把“研究文学”一语先有基本的分析。必须先得认明“研究文学”这一语至少含有两方面不同的工作：一是把文学当作一种科学而研究，又一便是撰写文艺作品，普通所谓“创作”。前者是探讨文艺之史的发展，文艺之社会的意义，文艺之时代的构成的因素。就是把文艺当作社会现象之一，因而文艺这特殊学科也就成了社会科学之一。由这样的理解来研究文学也就和研究其他社会科学（就是社会现象之各个特殊部门）一样，可以是一个人终身攻治的事业。这样的终身事业，不但需要一个人毕生的精力，并且还需要有利的环境，例如学习必要知识时的经济的支持（换一句具体的话，就是进大学校文学史科的经济能力），以及研究时期的材料的供给（譬如在没有公共的完备的图书馆的中国，你就不能不自己设法去弄到各种旧有的或新出的书籍）。因而这个“研究文学”的“志”也就不能随随便便地“立”起来。其次，撰写文艺作品，做“创作家”；我觉得一般青年所谓“研究文艺”大概是指这方面而言。粗看起来，这个“志”不难“立”。只要有笔，有墨，有纸，有时间，你就可以写作。并且在这知识分子失业恐慌极严重的现在中国，青年知识者当然觉得还是选择这项“没本钱的生意”，较胜于奴颜婢膝的求职业以及暮夜苞苴的谋差使了。这样“立志”在写作文艺作品以为谋生之道，谁也不能非难他的，可是我们不能不说他这计划必将失败，他将饿死了结。如果他“立志”要做一个有点社会意义的作者，那么他的饿死更快！因为中国的社会还没有从“低劣趣味”中完全挣扎出来，因为中国的文坛还没走上正确发展的轨道，因为中国读者的购买力非常薄弱。如果你的“志”在文艺创作并不是谋生之道，你有你所专门攻研的学业，你有养活你身体的职业，你只是固有的创造欲要求发泄，那就是另一个问题了。原则上我很赞成这样的“志”在文艺。但也不是说你有了养活你的职业，你又有时间，你在茶余酒后创作本能要求发泄的时候，你有笔有墨有纸，你就可以写作了。不是的！如果你并没把文艺作品当作消遣，当作个人的愁牢块垒笑影啼痕的影片，而是很严肃地认识了文艺的意义的，那么事情就不该这样办。自然我们并不以为文艺是什么艺术之神的神庙里的神秘的东西，我们也不承认什么创作家一定有他的天才或灵感一类的鬼话，我们承认一个推小车的苦力在休息时对他的伙伴们所说述的一个故事，也可以有文艺的价值；但是我们很反对那些没有深切的人生意义和社会价值的个人情感的产物，我们更反对那些彻头彻尾以游戏的态度去观察人生而且写成的文艺品。认真想使自己的作品对于社会有贡献的态度正确的有志文艺者在动手创作之前，必须有充分的修养。首先他应该认明社会这机构的发展的方向；如果他已经能够在社会现象中看到矛盾或不平衡，那么他应该认明白这矛盾或不平衡正是旧的社会机构经过烂熟而达于崩溃这阶段时必然的现象，并且他应该了解唯有新机构的产生才能造成新的和谐与平衡。是的，他应得从深处去分析人生，去理解人生；他应得认明人类历史的进化的路线，并且了解自己对于人类和社会的使命。具体说，他一定得努力探求人们每一行动之隐伏的背景，探索到他们的社会关系和经济的基础。仅仅有丰富的人生经验是不够的，主要的是他对于他的经验有怎样的理解，因而他在动手创作之前不能不先有理解社会现象的能力，就是他不能不先有那解释社会现象的社会科学的知识。除这而外，自然还有艺术上的修养；他可以从古代的作家学习描写的艺术，但应该记好，这该是朴质有力明快的描写手法，而不是那些以诡奇的形式掩盖了贫乏的内容的作品。

如果青年们的“怎样研究文艺”的发问是“怎样准备创作”的代用语，那么，我的回答便如上述。充分的修养。慎勿轻率！慎勿认为作家的一篇作品是产于一时的“灵感”！绝对不是的！没有什么神妙的灵感，只是对于社会现象的深湛的理解和精密的分析！慎勿认为一切的所见所闻都有文艺作品材料的价值！绝对不是的！只有那些能够表现出社会动乱之隐伏的背景的人生材料才有价值！最后，我再说一遍，打算以撰写文艺作品为谋生之道，在现代恰就是饿死之道，而且直到死时也不会得到社会上大多数人的同情！

再说一遍，任何人都有爱好文学的性习，所以任何人应该养成正确地理解文艺作品的能力（关于这点，我希望以后有机会再说），只有老顽固才反对青年看小说看戏曲；但并不是就说每个青年都应该以文学为事业。如果现代大多数青年当真在打算做文学家，那就不折不扣是混乱的现中国的严重的病态！如果我们只认为是青年本身之过失，那就和浅薄的小说家一样只看到事物的表面罢了！

我没有看见写信给《中学生》杂志社询问“怎样研究文学”的打算做文学家的青年是怎样措词。因而我无从知道他们的动机是什么。但是我们不妨猜想一下，可能的动机是两个：一是上面已经说过的知识青年既无祖遗的财产又感到求职的困难，因而转念及此“不要本钱的生意”。这是一个经济的动机，我们上面已经论及，此处可以不必再说了。其二是并没生活的恐慌，徒因“爱好”文艺而要为文学家，在人各有其所好这一点上，我们亦未便厚非。这两种可能的动机都还是情理之常。可是只此二动机，决不会是大多数青年都想做文学家。如果当真是大多数青年想做文学家，那一定另有其原因了。于是我们的猜测也就不能不转到不大名誉的一方面，就是所说“浮而不实”。本来做文艺作家并不是轻而易举的事，如上文所述，一个文艺作家的修养很要费些苦心。但是因为中国社会直到现在还缺乏普遍的严肃的文学观念，一般人尚认为只要有笔，有墨，有纸，有时间，能写，就可以创作，于是同样地染着这种错误观念的一部分青年便觉得世间事无若文学家之轻而易举而且名利双收了。这种观念便是“浮而不实”的注脚。我们毋庸讳言，志在文艺的青年中间不免有一部分是染有这样的错误观念而且这样错误地想做文学家。在这种错误观念之下，一定不能产生真正的有价值的文学家。反过来说，非待社会里已经普遍地有了正确的严肃的文学观，这种错误地想做文学家的观念一定不能在青年中绝灭。所以如果忧虑着这种“浮而不实”的想做文学家的动机之蔓延为有害于青年，只有更加努力于正确的严肃的文学观念之传布深入，才是对症的良药！如果想用大家不谈文学的方法来阻止这弊害，那也是很错误的见解。

人们也还有这样一个猜测：中国是产业不发达，自然科学不发达，政治是乱糟糟，因而有才智的青年便感觉到如果学习他种学科将有学成而无所施其巧的痛苦，因而都选择了文学这一条路了。这个猜测，原亦有相当的理由，可是仅仅相当的理由而已，并且事实上并不如此。事实上是近十年来头脑清楚才智卓越的青年都干政治运动去了，而且殉身于政治运动的，亦已经很多很多了。即使有感得他无可为而要献身于文艺的青年，大概只是青年中之缺乏刚毅猛鸷的气质而不适宜于政治运动的一流罢。然而这样的人大概亦不会是很多的罢！

所以我们把好为文学家的青年之可惊的多，当作一个社会现象来看，我们粗可分析为如上述的四个原因。而此四原因中，一、三两原因都表示了混乱的现代中国的严重的病态。特别是第三原因是牵连到文学界本身之尚未健全。我们不愿认为青年本身的过失，但是也不能不说对于文学的错误的认识（认为世间事无若做文学家之轻而易举而且名利双收），应该由迫切地追问着“怎样研究文学”的青年来共同努力矫正才好！

一九三一年三月十六日

论“入迷”

有多种多样的“入迷”。

吉诃德先生看武侠小说把一份家产几乎看光，还嫌不够，还要出去行侠，终于把一条老命也赔上。这是“入迷”的一种。

《红楼梦》上香菱学诗，弄得茶饭无心，梦里也作诗。这也是“入迷”。但据说香菱居然把诗作好了。

乡间有伧夫读《封神榜》，搔头抓耳，心花大放，忽开窗俯瞩，窗下停有馄饨担，开了锅盖，热气蓬蓬直上；伧夫见了，遽大叫道：“吾神驾祥云去也！”跨窗而出，把馄饨担踹翻了。这又是一种的“入迷”，然而程度远在吉诃德先生之下。

吉诃德先生的“入迷”，结果是悲剧。乡间伧夫的“入迷”，结果是喜剧。香菱的“入迷”，结果不悲不喜，只成了一篇平凡的故事。

就“入迷”而论，吉诃德先生实在是伟大的；你看他始终不动摇。乡间伧夫那一幕喜剧，叫作一时发昏，也许他赔偿了馄饨担以后就发誓不再看《封神榜》了。但当他高叫“吾神驾祥云去也”，而且撩衣跳窗的时候，他那态度倒也是“严肃”的，他确实“走进了《封神榜》”，不自知其非书中人了！至于香菱，她茶饭无心地读杜工部、温飞卿的时候，她唯一目的是自己也做个诗人。使她着了“迷”的，不是杜工部他们的作品，而是她自己想做诗人这一念的“虚荣”。故就“入迷”而论，香菱的，便是最下乘！

有些人一拿篇小说来读，便在心里说：“小说家言，岂能当真。”于是他带着怀疑的微笑，被动地看下去了。有些人进了戏园，就自己提醒自己道：“这是做戏呀！”于是他让戏拉着，坐到终场。他们自视为绝顶聪明的人，视吉诃德先生为天字第一号笨伯。可是我们说，真正含有严肃的人生意义的小说或戏曲，原来不是给此等人看的！此等人看小说进戏园只是糟蹋时间罢了！读小说或观剧，一定得有几分“入迷”——就是走入作品中，和书中人一同笑一同哭，这才算不负那小说或戏曲，而小说或戏曲也没有白糟蹋了他的光阴。

一位作家写作品的时候，也非“入迷”不可。他的感情要和他笔下人物的感情合一。他写的人物不止一个，然而他所憧憬的，或拈出来使人景仰或认识的人物，却只有一个或一群；作家就要恨此人物所憎恨的对象，拥护此人物所拥护的一切！作家必须自己先这么“入迷”，然后可望读者也“入迷”。然后他的作品不是消遣品，他的力气不算白费。一个演员在舞台上假使存了“我是在做戏”的念头，他的戏一定做不好。

现在常听得人说：“多读杰作，学取技巧。”这话是不错的，但假使像香菱似的一面读杰作，一面心里想：“我读完了这些，我就是文学家了。”那他还是白读。他读杰作的时候，应当毫无杂念，应该只是走进书去，笑时就笑，哭时就哭——他应该“入迷”！所谓技巧的学得这一步，是在他几次“入迷”以后自然而然的结果。他把杰作咀嚼消化，成为他自己的力量了。倘使他读杰作的时候心里总惦记着“快学技巧呀”，他在杰作的字里行间时时都发生“这是不是技巧”的问号，那他决学不到什么技巧。要是他自以为“学到”了一点什么，那也不是真正的学到，而是生吞活剥的模仿，甚至是剽窃！

归根一句话，人与文学的关系，“入迷”是必要的！

质的提高与通俗

眼前摆着争执之点：要做到通俗，就会“降低标准”，要达到质的提高，就得牺牲通俗。

但这个争执是把通俗误解为庸俗而来的。通俗并非庸俗。

《水浒》在中国民间是通俗的读物，但何尝庸俗？反之，明清的才子佳人小说，庸俗已极，可是一点也不通俗。《文武香球》之类的东西，只有旧式大户人家的书童和新式公馆的汽车夫喜欢看看，人民大众连书名也不大知道。《吉诃德先生》[①]在欧洲也算是通俗的读物了，但无碍其为杰作。

“通俗”这两个汉字，也许最初就是雅人们恶意的创造，但作诗而力求“妇孺能解”的诗人何尝自居于雅而与人以庸俗？

“通俗”云者，应当是形式则“妇孺能解”，内容则为大众的情绪与思想——和新术语“大众化”应该没有什么本质上的差别；自然，“大众化”的意义要广博深湛得多。

对于“质的提高”又往往有些误解。最大的误解是以为“高”者，“高深”之谓也，须得有教养的人方能懂得其中的妙处，而此所谓“高

① 今通译为《堂吉诃德》。

深”又往往兼指文字与思想。由此误解而来的结论，便是质的提高与通俗不能两全了。

但“质的提高”并没有什么奥妙，这只是（一）人物须是活生生的人，不是蜡制模型，也不是脸谱，（二）写什么得像什么，写农村风光就要是真正农村风光，不要弄成了影片场上假装的农村，（三）字眼用得确当，句子安排得妥帖，意义明白，笔墨简劲。这三点如果都能办到，自然“通俗”，而“质”亦“高”了！

青年的文艺工作者力求上进之心，实在可敬；批评家们一说应当求“质的提高”，青年们就赶快照办，但可惜批评家们没有详细说明，而误解却如影随形，于是“提高”变成为不易懂。

文学不能再停在狭小的圈子里了，“通俗”是必要的，但同时须求“质的提高”，二者是一物的两面，决不冲突。